글 쓰는 여자들의 특별한 친구

글 쓰는 여자들의 특별한 친구

문학적 우정을 찾아서
정영은

민음사

프롤로그　　　　친구와 함께 살아가기 위해

박완서는 박경리의 독자였다. 그녀의 표현을 따르자면, 1970년대 중반 등단한 지 얼마 되지 않은 40대 중반의 이 신인 작가는 열 권짜리 『토지』 1, 2부를 읽은 후 기진맥진했다. 서문까지 완벽했다. "그 소설에 그 서문이었다."*라는 말밖에 할 수 없었다. 박완서는 공포에 가까운 충격을 받았다. 선배 작가인 박경리의 문학적 성취가 존경스럽고 부러우면서도 박경리가 그때까지 겪었을 처절한 고난이 부디 자신을 비켜 가기를 바라는 이율배반적인 감정에 휩싸였다고 한다. 그러나 이미 돌이킬 수 없었다. 박경리의 글에 사로잡힌 박완

---

* 　박완서, 「치악산과 면장갑」, 『수정의 메아리』(솔, 1994), 20쪽.

서는 독자와 저자 사이에 싹트기 시작한 우정을 감지했다.

마침 문예지《한국문학》으로부터 박경리에게 보내는 편지를 써 달라는 원고 청탁을 받은 박완서는 팬레터를 준비했다. 첫 작품『나목』을 습작 없이 완성해 낸 천의무봉의 작가에게도 어려운 '편지글'이 있었다. 박완서는 의욕이 넘쳤다.

"나는 가슴이 후련하게 다 말하고 싶었고, 솔직하고 싶었고, 잘 보이고 싶었고, 무엇보다도 한참 힘든 그분에게 따뜻한 위로가 되고 싶었다."*

박경리는 다음 호에 답장을 실었다. 그로부터 몇 년이 지나 박완서는 박경리를 직접 만날 기회를 얻게 된다. 박완서의 작품집을 준비 중이던 출판사에서 박경리에게 서문을 부탁하며, 출판사 대표가 식사 자리를 마련했다.** 첫 만남에서 박완서는『토지』의 작가를 자신의 집으로 초대해 차라도 한잔 대접하고 싶어 했지만, 박경리는 박완서의 호의를 한사코 사양했다. 갑작스럽게 남의 집에 들어가 폐를 끼치고 싶지 않았기 때문이었다.

* 　같은 곳.
** 　수류산방 편집부,『박완서: 못 가 본 길이 더 아름답다(1931~2011년)』
　　(수류산방, 2012), 251-252쪽.

그토록 깔끔한 성격의 소유자였던 박경리는 1988년에 박완서가 아들을 잃고 식음을 전폐하자 고기와 과일을 사 들고 박완서의 집으로 향했다. 1956년 무렵 참척의 고통을 겪었던 박경리는 박완서를 붙들고 먹고 살아야 한다고 거듭 당부했다. 반드시 글로 써서 이겨 내야 한다고 애원하듯이 위로했다. 박경리는 박완서의 등을 다독이다가 결국 절규하고 말았다. 두 여자는 부둥켜안고 통곡했다.

신과 맞붙어 보겠다는 심정으로 한동안 수녀원에서 지냈을 만큼 세상과 담을 쌓았던 박완서도 박경리의 마음을 외면할 수는 없었다. 두 거장을 오랜 시간 가까운 거리에서 지켜본 한국일보 장명수 기자는 2008년 박경리에 이어 2011년에 박완서마저 세상을 떠나자 두 여성 작가가 함께 써 내려간 우정의 역사를 기명 칼럼으로 남겼다. 장명수는 「박완서, 거목 옆의 거목」에서 1988년에 외아들을 잃고 그 누구도 만나지 않았던 박완서가 "원주로 모시고 가겠다."라는 자신의 한마디에 움직였다고 기록했다. 박완서가 온다는 소식을 듣고 박경리는 곰국을 끓였다고 한다. 그 곰국을 안주 삼아 맥주를 조금씩 마시며 박완서가 겨우겨우 한마디씩 했다는 대목을 읽을 때마다 우정은 친구를 살리는 것이라고 정의 내리고 싶어진다.

사실 수천 년 전부터 우정에 관한 논의는 넘쳐 났다. 근사한 담론도 많다. 특히 글로 벗을 모으고 벗들과 함께 어진 마음을 키워 나간다는 증자(曾子)의 말은 인상적이다. 하지만 상상력이 부족한 탓인지 『논어』에 나오는 그 구절이 구체적으로 무엇을 뜻하는지 오랫동안 짐작하기 어려웠다. 박완서의 글을 읽지 않았더라면 어쩌면 지금까지도 공자의 제자인 증자의 진의를 파악하지 못했을지 모르겠다.

물론 박완서와 박경리의 우정을 『논어』에 기대어 해석하고 싶은 생각은 없다. 군자에게 없어서는 안 될 존재인 벗은 정치적 동지에 가까운 의미로 읽히기 때문이다. 정치적 동지끼리 우정을 나누지 말라는 법은 없지만, 『논어』의 등장인물들이 살았던 춘추 전국 시대에 정치와 학문은 남성들의 영역이었다. 고대 그리스와 로마도 예외가 아니다.

나는 도원결의를 비롯한 비장한 영웅담으로 귀결되는 남성들의 우정 서사가 불편했다. 한날한시에 같이 죽자는 다짐은 지키기도 어려울 뿐만 아니라 지켜져서도 안 된다고 생각하기 때문이다. 친구가 무사하기를 바라는 마음이 우정에 더욱 가깝다고 믿어 왔기에 글을 매개로 친구가 되어 어떻게든 함께 살아가기 위해 애를 쓴 박경리와 박완서 같은 여성들의 우정에 주목하게 되었다.

다시 박경리의 친구들을 만나 본다. 김형국은 평전 『박경리 이야기』에서 박경리의 등단 과정을 세밀하게 밝힌 바 있다. 박경리는 한국 전쟁 통에 남편을 잃고 어머니와 남매를 부양하며 힘겨운 날들을 보내던 중 진주공립고등여학교 시절 친구였던 최혜순과 서울에서 재회했다고 한다. 박경리는 불행에서 탈출하고 싶다는 소망으로 틈틈이 써 온 글들을 최혜순에게 보여 주었고, 최혜순은 친구가 쓴 글들을 열심히 읽었다.

마침 소설가 김동리의 집에 세 들어 살던 최혜순은 박경리의 글을 김동리의 부인에게 전했고, 김동리의 부인은 그 글을 다시 김동리에게 건넸다. 김동리는 박경리에게 소설을 써 볼 것을 적극 권유했다. 1955년부터 소설을 집중적으로 쓰기 시작한 박경리는 1956년에 문단에 진출했다. 이처럼 박경리라는 위대한 작가가 탄생한 배후에는 죽마고우의 우정이 있었다.

박경리 또한 "내 동무가 얻어 준 그러한 우연이 없었던들 내 성격으로는 문단에의 길이 절대로 열리지 않았을 거로 알고 있다."*라고 고백하며, 친구에게 고마움을 표현했다. 최혜순이 김동리에게 박경리의 글을 소개한 것은 오히려 부차적이다. 박경리의 습작들을 친구가 꼬박꼬박 읽었다

---

* 박경리, 「자화상」, 김형국, 『박경리 이야기』(나남출판, 2022), 221-222쪽에서 재인용.

는 점이 중요하다. 작가에게는 언제나 독자라는 동무가 필요하다.

박경리는 화가 천경자와도 각별한 우정을 나누었다. 미술에 관심이 많았던 박경리와 글쓰기를 좋아했던 천경자는 서로에게 자주 편지를 보냈다. 천경자의 딸 김정희는 1958년에 어머니가 박경리로부터 받은 편지의 일부를 자신의 책 『천경자 코드』에서 공개했다. 박경리는 천경자의 집으로 찾아가고 싶었지만 차비가 없어서 그만두었다고 편지에 썼다.

다행히 1962년에 출간된 『김약국의 딸들』이 성공을 거두면서 박경리는 적어도 차비 걱정을 하지 않아도 될 만큼의 여유가 생겼다. 그즈음 천경자는 시력이 급격히 떨어져 크게 근심 중이었다. 박경리는 천경자에게 한의원을 소개해주고 돈까지 빌려주며 치료를 받게 했다. 이후 천경자는 시력을 회복했다.

키케로는 선한 사람들 사이에만 우정이 존재한다고 주장했는데, 박경리가 친구들과 함께 완성한 우정의 서사를 읽으면서 글 쓰는 여자들에게만 존재하는 특별한 우정이 있다는 가설을 세우게 되었다. 읽기와 쓰기로 맺어진 여성들의 우정은 정직하고도 다채로웠다. 그녀들 사이에는 언제나 말과 글이 있었다.

읽고 쓰는 행위는 고독하지만, 신비롭게도 읽고 쓰는

여자들은 고립되지 않았다. 무엇보다 그녀들은 친구와 함께 살아갈 방도를 마련해 갔다. 나는 앞으로 읽고 쓰기 위해 살아가는 여자들이 차곡차곡 쌓아 온 우정을 문학적 우정이라 부르고자 한다. 그렇게 치열하게 읽고 쓰면서 그녀들은 모두 드물고도 귀한 친구를 얻을 수 있었다. 글 쓰는 여자들의 특별한 친구. 지금부터 본격적으로 그녀들의 이야기를 시작해 보겠다.

1부 우정을 읽는 여자들

2부 우정을 쓴 여자들

1부

우정을 읽는 여자들

당신은 정윤을 그녀의 글을 통해 먼저 알았다.
1996년 가을, 당신은 도서관 앞에 쌓인 교지를
집어들었다가 한참을 푹 빠져 읽게 되었다.
여러 글들 중에서도 당신의 마음을 잡아끈 건
사학과생 정윤의 글이었다.

최은영, 「몫」,
『아주 희미한 빛으로도』
(문학동네, 2023), 51쪽

맞수와 동반자

**버지니아 울프,
캐서린 맨스필드,
비타 색빌웨스트**

1922년 12월 14일, 미술 평론가이자 블룸즈버리 그룹의 구성원이었던 클라이브 벨은 아내의 동생인 버지니아 울프에게 저녁 식사를 함께 하자고 청한다. 그 자리에는 소설가이자 비평가로 맹활약 중이던 비타 색빌웨스트도 합류할 예정이었다. 1921년 여름에 색빌웨스트의 『얕은 물속 용(The Dragons in Shallow Waters)』은 영국 출판 시장을 이끌었다. D. H. 로런스의 『사랑에 빠진 여인들』을 따돌리고 소설 부문 판매 1위를 차지하기도 했다.[1] 그러나 색빌웨스트는 기회가 있을 때마다 영국 최고의 작가는 울프라고 칭송하고 다녔다. 울프에게도 그 이야기가 전해졌다. 그녀는 짐차 열 살 연하의 베스트셀러 작가가 어떤 사람인지 궁금해졌다.

이 시기 울프는 큰 위기를 겪고 있었다. '작가 친구' 캐서린 맨스필드의 생명이 위태로웠다. 1888년에 뉴질랜드에서 태어나 열아홉 살에 작가가 되기 위해 영국으로 온 맨스필드는 시적인 분위기를 소설에 담아내 독자와 비평가 들의 주목을 받았다. 맨스필드는 울프의 『출항』을 읽고 난 후 저자에게 완전히 매료되었다. 만나는 사람마다 붙들고 울프를 소개해 달라고 졸랐다. 울프의 글을 빠짐없이 찾아 읽었다.

1917년 2월에 맨스필드는 소망을 이루었다. 울프의 카리스마는 대단했다. 맨스필드는 울프를 만나고 난 후 그녀의 더욱 열렬한 독자가 되었고, 서로의 문학 세계를 공유하는 친구가 되기를 원했다. 맨스필드는 울프에게 편지를 보내며 행복해했다. "버지니아, 우리는 똑같은 직업을 가졌어요. 그리고 우리가 서로 아주 동떨어져 있지만 둘 다 거의 똑같은 것을 추구한다는 것은 정말로 호기심을 자극하며 전율을 일으켜요. 당신도 알다시피 우리가 말이에요. 그것을 부인할 수는 없어요."[2] 1917년, 맨스필드가 울프에게 보낸 편지에는 문학이 우정의 연결 고리임을 강조하는 대목이 유독 많았다.

편지를 받은 울프가 맨스필드를 바로 친구로 받아들인 것은 아니었다. 울프는 자신에게 성큼 다가오는 맨스필드의 태도가 못마땅했지만, 시간이 지날수록 맨스필드가 자신과 비슷한 사람이라고 인정하게 되었다. 그렇게 시작된 두 여성 작가의 우정은 작품을 두고 치열하게 경쟁하며 점차 두터워졌다. 울프는 자신의 감정을 솔직하게 털어놓았다. "나는 캐서린에게서 다른 똑똑한 여자들과의 관계에서는 발견하지 못하는 편안하고 흥미로운 감정을 발견한다. 내 생각에 그것은 그녀가 아주 진실하게, 내가 좋아하는 것과는 아주 다를 지라도, 우리의 소중한 예술을 좋아하기 때문인 것 같다."[3]

1917년에 남편 레너드와 호가스 출판사를 차린 울프는 맨스필드에게 원고를 청탁했다.[4] 1918년에 맨스필드의 『전주곡』을 출간하고 나서야 T. S. 엘리엇의 시집을 만들었다. 울프는 맨스필드에게 찬사를 아끼지 않았다. "그녀는 너무도 똑똑하고 불가사의해서 우정에 보답한다."[5] 책을 내면서 울프와 맨스필드는 부쩍 가까워졌다. 마주 앉아 차를 마시며 대화를 나눌 때도 있었지만, 주로 편지로 서로의 마음을 전했다. 울프의 문장에는 지적이면서도 신비스러운 매력이 있었다. 울프에게 받은 편지를 액자에 보관하고 싶어 했을 정도로 맨스필드는 그의 문장에 매료되어 있었다.[6]

문제는 맨스필드의 건강이었다. 1917년부터 폐결핵을 앓았던 맨스필드는 1919년 여름에 이미 유언장을 준비했을 정도로 병세가 위중했다. 맨스필드는 울프에게 직별 편지를 보냈다. "내가 당신을 잊었다고 생각하지 말아 주세요." "얼

캐서린 맨스필드

버지니아 울프

마나 자주 당신이 내 심장에 그리고 마음에 있는지를 당신은 상상하기 어려울 것입니다. 나는 당신을 생각하는 일이 좋습니다."[7] 맨스필드는 1923년 1월에 서른다섯 살의 나이로 세상을 떠났다. 울프는 자신의 작품에 애정 넘치면서도 예리한 논평을 건넸던 맨스필드의 부재를 실감했다. 동료이자 경쟁자로 서로에게 버팀목이 되어 주었던 친구를 이제 만날 수 없게 된 것이었다. 울프는 맨스필드를 향한 그리움을 꾹꾹 눌러 담듯 일기장에 적었다. "더 이상 글을 쓰는 것이 무의미하다. 캐서린은 내 글들을 읽지 않을 것이다. 그녀는 더 이상 나의 경쟁자가 아니다. 이제 내게는 경쟁자가 없다."[8] 맨스필드가 사라진 후, 작가로서의 정체성이 송두리째 흔들렸다. "우리의 우정 속에는 글이 너무도 큰 자리를 차지하고 있었다."[9]

맨스필드의 남편 존 미들턴 머리도 아내의 죽음을 슬퍼하며 『캐서린 맨스필드의 일기』를 출판했다. 울프는 1927년 9월 18일 《헤럴드 트리뷴》에 그 책의 서평을 실었다. 버지니아 울프가 쓴 서평은 문학적 조사(弔辭)였다. "그녀보다 글쓰기의 중요성에 대해 심각하게 받아들인 사람도 없다. 본능적으로 재빨리 써 내려간 그녀 일기의 매 쪽마다 드러나는 자신의 작품에 대한 태도는 매섭고 건전하며 진지하고 존경할 만하다. 그 안에는 문학 세계에 대한 가십도 없고 허영심도 질투심도 없다. 생애 마지막 즈음해서 자신이 거둔 성공에 대해 분명히 인식하고 있었겠지만, 그것에 대한 언급은 없다. 자기 작품에 대한 그녀 자신의 논평은 항상 예리한 통찰력으로 비판하는 것이다."[10]

울프는 자신보다 여섯 살가량 어렸지만 굳건히 작가로 살았던 맨스필드를 향해 존경심을 드러내는 것으로 그리움을 감추었다. 하지만 맨스필드의 죽음은 울프의 작품 활동에 영향을 미쳤다. 맨스필드가 소설을 발표할 때 느꼈던 긴장감과 경쟁심을 가질 수 없게 되자 맥이 풀리는 것 같았다. 맨스필드처럼 자신의 작품을 꼼꼼하게 읽고 정확하게 논평해 줄 동료를 또 만날 수 있을지도 의심스러웠다. 젊은 나이에 세상을 떠난 맨스필드를 떠올릴 때마다 죽음이 두려웠다. 동료 작가를 잃은 충격과 슬픔 너머의 감정은 더욱 복잡했다. 사랑하는 친구를 떠나보내지 못하는 자기 자신을 발견했다. 꿈에서 맨스필드를 만나기도 했다. 울프는 간혹 맨스필드의 영혼이 자신 곁에 머무르고 있다는 환상과 착각에 사로잡히기도 했다.

울프는 다시 글쓰기에 매달리고 싶었다. 울프는 40대 초반에 문학적 우정을 봉인하고 싶지 않았다. 글쓰기의 의미를 사신처럼 무겁게 받아들이는 친구를 다시 만나고 싶었다. 블룸즈버리 그룹에서, 호가스 출판사에서, 그리고 맨스필드와의 만남에서 정신의 무한 성장을 추구해 온 울프에게는 새로운 친구가 절실했다. 다행스럽게도 비타 색빌웨스트가 울프의 삶에 천천히 걸어 들어오고 있었다.

기다렸다는 듯이 색빌웨스트가 울프에게 먼저 손을 내밀었다. 앞서 이야기한 것처럼, 색빌웨스트는 1922년 12월에 런던에서 울프를 처음 만났다. 몇 달이 지나도록 울프 생각이 떠나질 않았다. 1923년 3월 26일에 색빌웨스트는 울프에게 예의를 갖추어 편지를 보낸다. "P.E.N. 클럽 위원회는 당신이 클럽에 참여해 주시기를 간절히 바라고 있습니다. 위원회의 요청에 따라 제가 당신에게 제안을 드렸었지요. 이제, 다른 이유가 없다면 저를 봐서라도 P.E.N. 클럽에 당신과 함께하는 친절을 베풀어 주시겠어요? 1년에 1기니면 충분합니다. 사람들이 아주 기뻐할 거예요. 한 달에 한 번 식사를 하는데, 제법 재밌답니다."[11] 울프는 색빌웨스트에게 자신은 저녁 식사에 참석하기가 어려울 뿐만 아니라, 연설에 재주가 없어서 망설여진다고 답했다. 색빌웨스트는 울프에게 클럽 규칙 중 하나가 연설 금지라고 답했지만, 울프는 연설만큼이나 만찬을 싫어했다. "클럽 회지를 보니 클럽은 완전히 만찬 모임이더군요. 그리고 제 경험에 의하면 리치먼드에 살면서 만찬 모임에 참석하기는 어렵습니다. 만찬 모임에 두 번 참여했는데 완전히 재앙이었거든요."[12] 읽고 쓸 시간이 늘 부족했던 울프는 한가롭게 만찬을 즐길 여유가 없었다. 클럽 활동을 함께 하자는 색빌웨스트의 제안을 정중하게 거절했다.

색빌웨스트는 결국 울프가 남편과 함께 운영하는 호가스 출판사로 찾아갔다. 중세 시대에 캔터베리 대주교들의 거주지로 사용되었다가 엘리자베스 1세가 색빌 일가에 하사한 놀(Knole) 지역의 저택에서 자란 색빌웨스트는 누구 앞에서도 기죽는 법이 없었다.[13] 울프는 자신과 말이 통하는 도전적인 상대를 만났다고 느꼈다. "그녀는 매일 15페이지를 쓰고 얼마 전 또 한 권의 책을 끝냈다. 거의 모든 세계를 알고 있다. 나도 그 세계를 알 수 있을까?"[14] 색빌웨스트는 무심한 듯 정성스럽게 사람을 대하며 상대를 장악하는 울프의 위엄에 환호했다. "나는 버지니아를 그냥 숭배해요. 당신도 그렇게 되실 거예요. 그녀의 우아함과 개성이 당신을 쓰러뜨릴 거예요. (……) 그녀는 거리를 두기도 하지만 인간적이기도 하며, 말을 하고 싶을 때까지는 입을 열지 않지만 일단 입을 열면 너무나 훌륭한 말을 하지요."[15]

색빌웨스트는 울프에게 이틀에 한 권씩 책을 선물했다. 두 사람의 거리는 조금씩 좁혀지고 있었다. "형태를 있는 그대로 그리는 것이 아니고 형태를 창조하는 것이며, 삶을 모방하는 것이 아니고 삶에 상응하는 것을 찾는 것"[16]이라는 울프의 문학적 신념은 색빌웨스트와의 우정에도 같은 방식

글 쓰는 여자들의 특별한 친구

으로 적용되었다. 울프와 색빌웨스트는 오직 두 사람만의 새로운 우정을 찾아가고 있었다. 그렇게 울프는 기사회생했다.

　"삶은 끊임없이 변하는 것이며 기억은 꼭 유용한 행동을 이끌어 내지 않을 수도 있다."[17]라는 실험을 시도하며 새로운 서사 기법을 선보인『제이컵의 방』이 1922년 10월에 출간되었지만 비평가들의 몰이해와 독자들의 무관심 속에 방치되고 있었다. 그런 와중에 1923년 1월에는 서로 팽팽한 긴장감을 유지해 온 맞수 맨스필드의 사망 소식까지 접하게 되었다. 울프는 모든 것이 허무하게 느껴졌다. 의욕을 잃고 하루하루를 버티고 있었지만, 글을 쓰지 않는 자신도 더는 견딜 수가 없었다. 그즈음에 나타난 색빌웨스트가 울프의 지적 호기심을 자극했다. 울프의 삶은 서서히 회복되고 있었다. 색빌웨스트가 다녀갈 때마다 책상 위에는 새로운 책과 그녀의 원고가 놓여 있었다. "그녀는 우리에게 이야기 한 편을 두고 갔고, 읽어 보니 상당히 재미있었다. 그 안에서 나는 내 얼굴을 보고 있다."[18]

　1925년 9월에 색빌웨스트는『에콰도르의 난봉꾼(Seducers in Ecuador)』집필을 2주 만에 마쳤다. 울프와 그녀의 남편 레너드가 운영하는 호가스 출판사로부터 원고 청탁을 받은 색빌웨스트는 외교관의 아내이자 두 아들의 어머니, 귀족 가문의 후예로 365개의 방과 예배당을 갖춘 저택을 관리하는 일정을 소화하면서도 감수성이 살아 있는 글을 꾸준히 발표했다. 색빌웨스트의 필력에 울프는 바짝 긴장한다. 두 사람은 경쟁하듯 작품을 쏟아 냈다. 울프는 색빌웨스트의 글을 읽으며 가족사 소설과 평전에 큰 매력을 느꼈다. 색빌웨스트가 가장 잘 쓸 수 있는 글이라고 판단했다. 울프는 색빌웨스트를 독려했다. 이야기 구조가 탄탄하게 잡힐 때까지 초고를 읽고 거침없이 비판하기도 했다. 울프는 편집자로서의 안목과 실력을 유감없이 발휘했다. 색빌웨스트가 울프를 만나고 난 후『아프라 벤』,『왕의 딸』,『에드워드 왕가 사람들』,『앤드루 마벨』,『시싱허스트』등의 작품을 연달아 발표한 것은 결코 우연이 아니었다.

색빌웨스트 역시 울프의 강점을 누구보다 잘 알고 있었다. 울프처럼 인간의 마음을 다층적으로 해부하는 작가, 언제나 새로운 질문을 던지는 작가, 다른 사람의 작품을 정확하게 읽어 내는 작가는 없다고 믿었다. 색빌웨스트와 울프는 하루가 멀다 하고 서로에게 편지를 보냈다. 색빌웨스트는 울프에게 거의 매번 "당신은 아주 놀라운 작가입니다."라는 말을 강조했다. "당신은 너무나 많은 것을 해내고 있어요. 그야말로 당신은 하나의 항구적인 '성취'입니다. (……) 당신의 글은《타임스》서평란의 지루한 풍경 위에 빛을 선사합니다. 당신은 사람들의 삶을 바꾸어 주고 새로운 유형을 제시합니다."[19]

　　두 사람은 글을 쓰기 위해 만나고, 싸우고, 헤어졌다 다시 만났다. 그들은 매 순간 상대를 의식하며 글을 썼다. 편지가 끝도 없이 오고 갔다. 색빌웨스트와의 우정은 울프의 문학적 성취로 이어졌다. 1924년 5월 26일, 울프의 일기는 무척 고무적이다. "책은 지금 내 머리 밖에서 혼자 자유롭게 빠르게 돌고 있다. 이 증세가 시작된 작년 8월의 위기 이래, 잦은 방해에도 빠르게 돌고 있다. 책은 더욱 분석적이 되고, 인간적이 되었다고 생각한다. 덜 서정적이다. 그러나 나를 속박하고 있던 굴레를 거의 모두 잘라 냈고, 이제 그 안에 무엇이든 쏟아부을 수 있다는 느낌이 든다. 그렇다면, 그것은 잘된 일이다. 읽는 일이 남아 있다."[20]

　　1925년, 울프는 『댈러웨이 부인』을 발표했다. 평단과 독자들은 환호했다. 집필에 가속도가 붙었다. 1926년 2월 23일, "나는 이제 내 평생을 통해 가장 빠르고 가장 자유롭게 글을 쓰고 있다. 다른 소설보다 더 빠르게 쓰고 있다. 이것은 내가 제 길에 들어섰다는 증거다."[21] 1927년 5월에 울프는 자전 소설 『등대로』를 출간한다. 울프는 "내 생각으로는 내가 쓴 최고의 소설"이라고 자평할 정도로 만족스러워했다. 색빌웨스트는 또 한 번 울프의 천재성에 탄복한다. "이 작품은 나로 하여금 당신을 두려워하게 합니다." 색빌웨스트는 울프가

『등대로』에서 결코 멈추지 않을 것이라고 확신했다. "기다리다 보면 차차 알게 되겠지."[22]

하지만 색빌웨스트는 "오래되어 안정된 우정", "냉철한 우정의 무미건조하고 편리한 덕목"을 철저하게 거부했다. 울프에게 쓴소리와 찬사를 모두 건넸다. "당신은 마녀거나 인간의 마음을 읽는 심령술사입니다."[23] "당신은 모든 것을 원본(原本)이 아닌 사본(寫本)으로 보는 것 같습니다."[24] 울프도 마찬가지였다. 색빌웨스트의 문학적 한계를 집요하게 추궁했다. "당신에게는 그늘이 없나요? 당신에게는 함께 공명되지 않는 것이 있습니다. (……) 당신의 글쓰기도 그렇습니다. 글을 쓸 때도 내가 중심적인 명료함이라 부르는 것이 당신을 가끔씩 난처함에 빠트립니다."[25] 자유분방한 색빌웨스트에게 다음과 같이 일격을 가하기도 했다. "나는 너무도 질서 정연해요. 그렇지 않나요? 나는 당신이 내 머릿속에서 1주일 동안 살 수 있기를 바랍니다."[26]

이들의 우정에는 지성과 열정, 질투와 경쟁, 비판과 경멸이 혼재되어 있었다. 1927년 6월 18일, 울프는 색빌웨스트의 호손든 상 시상식장에 참석했지만, 그 장면을 "오싹한 쇼"라고 기록했다. 색빌웨스트를 향한 질투도 일정 정도 포함되어 있었지만, 울프는 문학상 심사 위원들의 진용이 형편없다고 생각했다. "이들 모두의 온화하고 통속적인 태도에 강한 인상을 받았다." "사실 거기 모인 사람들은 문예 세계의 귀족 계급이 아니라, 멍청하고 우둔한 중류 계급이었다."[27] 울프는 자신과 색빌웨스트가 '하찮은' 작가로 취급받는 상황을 용납하지 못했다.

울프는 1928년에 『올랜도』를 발표했다. 작품을 "V. 색빌웨스트"에게 헌정했다. "올랜도는 비타라는 사실이 드러나게 될 것입니다. 이것은 당신에 관한 이야기입니다."[28] 1588년 영국 엘리자베스 여왕 통치 기간에 열여섯 살의 시인 올랜도의 전기(傳記)가 펼쳐진다. "위업에서 위업으로, 광영에서 광영으로, 관직에서 관직으로 주인공은 가야 할 길을"[29] 간다. 별안간 서른 살 되던 해의 어느 날 아무런 이유도 없이 올랜도는 깊은 잠에 빠졌다가 여자로 깨어나게 된다. 남자에서 여자로 성별이 달라지자 구조적으로 다른 삶을 살 수밖에 없게 된 올랜도는 360년의 시간을 가로지른다. 울프는 올랜도에게 생명과 재산과 셰익스피어에 버금가는 대작가의 권위를 부여한다.

실제로 색빌웨스트는 놀 지역의 저택 소유를 둘러싼 소송까지 진행했지만, 여자라는 이유로 상속자가 될 수 없었다. 유서 깊은 저택의 관리자 역할에 충실했지만, 성(城)의 소유권이 허용되지 않았던 것이다. 울프는 1928년에 서른여섯 살의 여인 색빌웨스트를 올랜도로 재현하며, 올랜도에게

비타 색빌웨스트

왼쪽부터 비타 색빌웨스트의 남편 해럴드 니컬슨,
비타 색빌웨스트, 비타의 동창이자 연인이었다고 알려진
로저먼드 그로스베너, 비타의 아버지 라이어널 색빌웨스트

성별 전환과 무관하게 저택 상속권을 유지시켰다. 색빌웨스트의 예감은 적중했다. 『등대로』는 시작에 불과했다. "지금이 순간 이 말밖에 할 수가 없습니다. 눈이 부십니다. 매혹적입니다. 지금껏 내가 읽은 책 중에 가장 매력적이고 가장 현명하며 가장 풍성한 책입니다. 『등대로』마저 뛰어넘은 작품입니다."[30] 하지만 『올랜도』의 '유토피아적 결말'과 달리 두 사람의 우정에는 조금씩 균열이 생기고 있었다.

색빌웨스트는 『올랜도』의 삽화 제작에 적극적으로 참여했다. "버지니아는 비타에게 사진사 르네어를 위해 관능적인 릴리처럼 포즈를 취하게 했다. (……) 비타는 더욱 비참해졌고, 불행한 희생양 같은 기분이 되어 그들이 끝없이 사진을 찍어 대는 동안 거대한 액자틀 속에 앉아 있어야만"[31] 했다. 울프는 색빌웨스트보다 올랜도에 더 관심이 많았다. "당신은 『올랜도』에서 몇몇 아름다운 구절들을 썼습니다만, 당신이 얼마나 잔인했는지 실감하지 못할 겁니다."[32]

『올랜도』를 읽은 독자들의 반응은 폭발적이었다. 울프에게 강연 요청이 쇄도했다. 1928년에 『올랜도』를 출간하고 반년 동안 버지니아는 "거의 장관의 봉급인 1800파운드를 벌었다."[33] 케임브리지 대학에서 '여성과 소설'을 주제로 강연도 했다. 1929년에는 강의록을 정리해 『자기만의 방』으로 펴냈다. 1932년에 색빌웨스트는 시싱허스트에서 정원을 가

꾸는 일에 몰두했다. 울프는 색빌웨스트의 작품에 실망하고 있었다. 색빌웨스트는 울프가 페미니즘의 기수이자 반전주의자로 활동하며 대중의 주목을 받는 과정에서 소외감을 느꼈다. 색빌웨스트는 자주 폭음했다. 1935년, 울프는 색빌웨스트에게 절교를 선언한다.[34]

『올랜도』는 색빌웨스트에게 헌정된 작품이지만, 결과적으로 그 소설은 색빌웨스트에게 이별 통보서가 되고 말았다. 울프는 1938년에 전쟁과 여성을 주제로 한『3기니』를 출간했지만, 색빌웨스트에게 보내지 않았다. 색빌웨스트가 "당연히"『3기니』를 싫어할 것 같았기 때문이었다. 울프 스스로도『3기니』를 "잘 쓴 책"으로는 인정하지 않았다. 그러나 '정직한 책'인 것만은 확실했다. 울프는 "사실들을 수집하고 쉬운 말로 표현하려고 내 인생 어떤 일에 쏟은 것보다도 많은 노력을 들였다고"[35] 색빌웨스트에게 편지를 보냈다. 색빌웨스트는 울프에게 바로 답신했는데,『3기니』의 정확성을 높이 평가하면서도 울프가 "도출한 결론 몇 군데에 동의할 수 없다"라는 입장을 전했다. 울프와 색빌웨스트는 팽팽하게 대립했다. 서로 한 치의 물러섬도 없었다. 편지도 계속 오고 갔다.

하지만 전쟁이 장기화되면서 두 사람의 우정에 금이 갔다. 일상이 파괴된 전시 상황에서 우정을 회복하기란 불가능했다. 색빌웨스트는 직접 차를 몰고 부상병 수송에 앞장섰다. 울프는 런던이 잿더미가 되는 상황을 지켜보며 점차 마음이 무너져 갔다. 두통과 불면증에 시달렸다. 글을 쓸 수가 없었다. 1941년 3월, 색빌웨스트는 울프의 부고를 전해 듣고 자신의 무심함과 냉정함을 책망했다. 부상병보다 친구를 먼저 찾아갔어야 했다고 자책했다. 6개월 동안 "버지니아에 대한 갑작스러운 그리움"[36]으로 힘든 시간을 겪었다. 그로부터 21년의 세월 동안 색빌웨스트는 적막한 자연 속에서 조용히 살았다. 그녀는 1962년 6월에 "자책감을 다 내려놓고"[37] 세상을 떠났다.

울프와 색빌웨스트는 더이상 지상의 존재가 아니었지만, 두 사람이 남긴 작품들은 어디로도 사라지지 않았다. 『올랜도』의 주인공 색빌웨스트는 올랜도보다 훨씬 더 긴 시간을 살아가게 될 것이다. 울프의 작품도 무한히 재해석될 것이다.

"그녀는 선구자들이었던 무명 시인들의 삶에서 자기 생명을 이끌어 내며 태어날 것입니다. 그러한 준비 작업 없이, 우리 편에서 그런 노력을 기울이지 않고, 그녀가 다시 태어날 때 그녀가 살아갈 수 있다고 느끼게끔 만들겠다는 결단 없이, 그녀가 출현할 것을 기대할 수는 없습니다. 그것은

글 쓰는 여자들의 특별한 친구

버지니아 울프(왼쪽)와 비타 색빌웨스트

불가능하니까요. 그러나 우리가 그녀를 위해 일한다면 그녀가 출현하리라는 것과, 비록 가난한 무명인의 처지에서라도 그것을 위해 일하는 것은 가치 있는 일이라고 단언합니다."[38]

문학 자체가 우정의 최종 목표였던 울프와 색빌웨스트 그리고 맨스필드. 그녀들은 여전히 새로운 여성의 출현을 기대하며 다음 세대 여성들의 우정을 한껏 지지하고 있을 것이다.

글 쓰는 여자들의 특별한 친구

함께 살고, 각자 쓰다

버지니아 울프와
레너드 울프

"아침에 우리는 각각 750단어쯤 쓴다. 오후에 우리는 땅을 일군다. 차를 마신 후 저녁 식사 때까지 우리는 각각 500단어쯤 쓴다."[1] 1913년 4월 25일, 레너드 울프는 대학 시절부터 가장 가까웠던 친구에게 편지를 썼다. 수신인은 1918년에 『빅토리아 시대의 명사들』로 이름을 날리게 되는 평전 작가 리턴 스트레이치였다. 레너드는 친구에게 자신의 신혼 생활을 상세하게 전했다. 레너드의 말처럼 신혼부부는 매일 "각각" 글을 썼다. 스트레이치는 레너드와 버지니아의 결혼을 누구보다도 크게 기뻐했다.

레너드는 1904년 11월에 케임브리지 출신들이 주축이 된 저녁 모임에서 대학 시절 친구인 토비의 동생 버지니아와 처음으로 인사를 나누었다. 실론에서의 관료 생활을 앞두고 "자포자기" 상태였던 레너드는 버지니아 앞에서 정신이 번쩍 들었다. 그러나 레너드는 어깨를 움츠릴 수밖에 없었다. 레너드 나름대로 가슴속 깊이 묻어 둔 이야기가 있었다. "나는 나의 처지에 위축되어 있습니다."[2] 케임브리지 대학에서 자신이 기대했던 것 이하의 성적을 받고 실의에 빠져 있던 레너드는 외무성이나 재무성에서 근무할 수 없게 되자 무작정 실론을 지원했다. 당시 영국의 식민지였던 남아시아의 섬나라 실론으로 도망치듯 떠나기로 했던 것이다. 레너드는 자신의 초라한 성적을 스스로도 납득하기 어려웠다. 가족들에게 얼굴을 들 수 없었다.

　레너드 울프의 아버지 시드니 울프는 왕실 변호사였다. 하지만 1892년에 그가 마흔여덟의 나이로 사망하면서 아홉 명의 아이들은 학비 걱정부터 해야 했다. 상황을 받아들이기가 쉽지 않았다. 어머니는 집안 사정을 있는 그대로 아이들에게 전했다. 레너드는 주눅이 들었다. 귀족 가문 출신임을 자랑스러워하는 사립 기숙 학교의 동창생들과 대화를 나누며 레너드는 이질감과 소외감을 자주 느꼈다. "나는 이 계급에서는 이방인이었다. 왜냐하면 비록 나와 나 이전의 아버지가 전문직의 중산층에 속했어도, 우리는 단지 최근에 유대인 가게 주인들의 지층에서 분투해서 그곳으로 올라갔다. 우리는 거기에 뿌리가 없었다."[3]

레너드는 공부를 통해 귀족들의 세계에 편입해 보고 싶었다. 형제들과 마찬가지로 레너드는 장학금을 목표로 입시 준비를 했다. 결과는 만족스러웠다. 케임브리지 대학에 입학했을 때만 하더라도 레너드는 승리감에 도취되었다. 정통 엘리트 코스를 밟은 후, 영국 사회에서 손꼽히는 변호사가 될 계획을 세웠다. "아버지처럼 매일 아침 사륜마차를 타고 고등 법원의 왕좌부(王座部)로 출근할 테야."[4] 하지만 변호사 시험 준비에 필요한 돈을 마련할 방법이 없었다. 레너드는 좌절했다.

어린 시절부터 어머니가 유독 자신만을 미워한다고 생각했던 레너드는 어머니에게 인정받고 싶었다. 복수하고 싶었다는 말이 더 정확한 표현인지도 모르겠다. 그러나 세상일이 자기 뜻대로 펼쳐지지는 않았다. 케임브리지 대학을 다니면서 레너드는 유대인이 아무리 뛰어나다 할지라도 영국 주류 사회에 편입될 수 없다는 사실을 깨닫게 된다. 어차피 이방인으로 살 수밖에 없을 텐데 나는 왜 이토록 열심히 살아야 하는 것일까? 회의감이 들었다. 어머니에게 인정받기 위해서 버틴 세월은 그렇다 치더라도, 유대인을 향한 뿌리 깊은 편견과 부딪힐 생각을 하니 싸우기도 전에 맥이 풀리는 것 같았다.

반면 케임브리지 동문들은 결여가 무엇인지 짐작조차 할 수 없을 만큼의 부와 명예 그리고 탁월한 능력을 갖추고 있었다. 자신이 한없이 초라하게 느껴졌다. 물론 케임브리지에서 레너드에게 "너는 유대인이잖아."라고 말하는 친구는 없었다. 그래도 괜히 주눅 들었다. 학업 성적이 뚝뚝 떨어졌다.

변호사 시험을 포기한 레너드는 잠시 재무성 근무를 고려했다. 재무성에도 레너드의 자리는 없었다. 시험 성적이 부족했다. 외무성에서 일을 하고 싶었다. 학부 시절 국제 정치에 관심이 많았다. 도피처를 찾는 심정으로 지원 서류를 작성했다. "실론은 직할 식민지로서 상급 지역이었으며, 내가 지원하기에는 무리한 임지였다. 그러나 나의 무모한 시도에도 불구하고 나는 놀랍게도 실론 행정청 근무 명령을 받게 되었다."[5] 실론 발령마저 실패로 끝난다면 어떻게 살아야 할지 근심이 가득했다. 레너드는 조마조마한 심정으로 기다렸다. 막상 부임지가 결정되자 아주 잠시 살짝 안도했으나 수시로 열패감에 빠졌다. 일류가 아니라는 생각에 괴로웠다.

바로 그때 버지니아가 레너드 앞에 나타났다. 레너드는 덜컥 겁이 났다. "그녀와 사랑에 빠지는 것은 위험하지 않을까?"[6] 도망치고 싶었다. 레너드는 예정대로 며칠 후 시리아

호를 타고 콜롬보로 향했다. "쓰라리고 실망에 찬 청년"[7]은 실론에서도 버지니아가 문득문득 생각났다. 자신보다 두 살 어렸지만 버지니아 특유의 지적이면서도 노회한 기품이 머릿속을 맴돌았다.

영국에서 파견되었다는 이유로 실론 직원들의 "우두머리"가 된 레너드는 하루 평균 열 시간 이상씩 근무했다. "나는 일한다. 아, 내가 어떻게 일하지 않을 수 있겠나? 나는 광적으로 일에 빠져 있다."[8] 식민 정책의 폭력성과 모순을 실론 현지에서 목격하게 된 레너드는 점차 반(反)제국주의자가 되어 가고 있었다. 그렇지만 자신은 제국의 관리로 실론에 와 있지 않은가? 레너드는 자신이 식민지에서 특혜를 누리고 있음을 인지했다. 세상이 환멸스러웠고, 자기 자신이 부끄러웠다.

레너드는 어느 날, 예고도 없이 실론의 지주 조합을 찾아가 탈곡기 구매를 추천하기도 했다. 조합원들은 당황했다. 레너드는 지루한 시간과 싸우기 위해서 그리고 식민 통치를 위해 부임한 제국의 관료로서 느끼는 죄책감을 덜기 위해 실론의 낙후 지역 개발에 힘을 보태고 싶었다. 미봉책에 지나지 않았다. 자기 자신에게도 실론에도 근본적인 변화가 일어나지 않자 레너드는 매사 시큰둥하게 생활했다. 하지만 버지니아의 얼굴이 떠오를 때는 달랐다. 레너드는 혼자서 속을 끓이다 친구 리턴 스트레이치에게 고민을 털어놓았다.

스트레이치는 레너드에게 더는 머뭇거릴 시간이 없다고 충고했다. 스트레이치는 당대 최고 영국 지성인들의 모임인 블룸즈버리 그룹에서 버지니아와 여러 차례 토론을 나누었다. 버지니아는 그에게 강렬한 인상을 남겼다. 그녀는 매우 논리적이었다. 호기심도 강했다. 엄청난 독서가였다. 대화를 주도하는 방법과 경청의 태도를 터득하고 있었다. 버지니아 주위에는 사람이 많았다. 그들 가운데 상당수가 그녀에게 구애했다. 버지니아는 미동도 하지 않았다. 자신에게도 타인에게도 엄격했다. 스트레이치는 그녀가 자신의 친구인 레너드와 완벽하게 동일한 삶의 목표를 가지고 있음을 확인하고 반가워했다.

글쓰기로 세상을 재편하겠다는 버지니아의 야심은 원대하고도 강건했다. 그 어떤 유혹에도 흔들리지 않은 채 오직 읽고 쓰는 데 하루 대부분의 시간을 할애하는 버지니아가 존경스러웠다. 영국 최고의 평전 작가 스트레이치는 그녀에게 경쟁심도 느꼈다. 버지니아가 반드시 영국 역사에 획을 긋는 인물이 될 것이라고 예감했다. "그녀 같은 여자가 있다는 것은 기적이야. 그러나 주의를 기울이지 않으면 자네는 기회를 잃어버리게 될 거야. 누가 알겠나. 그녀는 어떤 순간에 누구하고라도 결혼해 버릴 수 있다네. 그녀는 젊고, 격정

적이고, 엄청나게 지적이고, 쉽게 안주하지 않으며, 사랑하기를 갈망하고 있다네. (……) 내가 자네라면, 나는 전보를 치겠네."[9] 레너드는 스트레이치의 조언을 새겨들었다. 이내 런던으로 전보를 쳤다. 결국 레너드는 실론으로 부임할 때 가져갔던 볼테르 전집 70권과 함께 1911년에 영국으로 돌아왔다. 레너드는 버지니아를 찾아갔다. 두 사람의 만남이 시작되었다.

레너드와 버지니아는 빠른 속도로 가까워졌다. 두 사람은 자주 만났다. 함께 보내는 시간이 점차 길어지고 있었다. 레너드는 버지니아에게 청혼했다. 버지니아는 머뭇거리다 용기를 낸다. 솔직하게 자신의 마음을 털어놓았다. "제가 최근에 당신에게 악랄하게 썼듯이, 당신은 저에게 아무런 육체적인 매력을 주지 않습니다. 최근에 당신이 저에게 키스했을 때, 제가 그저 하나의 바위일 뿐이라고 느꼈던 순간들이 있었습니다."[10] 레너드는 버지니아에게 그 어떠한 불편한 요구도 평생 하지 않을 것이라고 맹세했다. 버지니아의 지성에 매료된 레너드는 그녀와 함께할 수 있다면 자신의 다른 욕망들을 모두 포기하겠다고 다짐했다. 이유는 명백했다. 레너드는 버지니아가 천재임을 확신했다. 버지니아를 존경했다.

레너드는 버지니아와 함께하는 삶이 소중했기 때문에 결혼 생활을 하는 동안 버지니아를 어지럽히거나 힘들게 하는 행동을 피했고, 다른 여성들과 부적절한 관계도 가지지 않았다.[11] 버지니아도 레너드가 평생 "얘기 나눌 수 있는 한 사람"[12]임을 부인할 수 없었다. 버지니아는 레너드와 함께 있을 때 특별한 감정을 느꼈다. 결혼 전에 버지니아는 레너드에게 자신만의 방식으로 사랑을 고백하기도 했다. "당신은 나를 아주 행복하게 해 준답니다. 우리는 둘 다 거대한 살아 있는 결혼을 원해요."[13] 버지니아 울프가 언급했던 살아 있는 결혼의 실체 혹은 목표는 무엇이었을까? 두 사람은 "문학적 협력"[14]의 완성, 즉 글쓰기를 위한 최선책이 결혼이라는 결론을 내렸다.

1912년 8월, 버지니아와 레너드는 부부가 되었다. 버지니아의 가족들과 친구들은 레너드를 탐탁지 않게 여겼다. 정계와 재계, 학계와 예술계의 최전선에서 활동하던 사람들이 버지니아 아버지의 저녁 초대를 기다릴 정도로 버지니아의 가문은 영국 사회에서 영향력이 컸다. 귀족으로서의 자부심이 넘쳤다. 그러나 레너드는 자신의 실력을 매 순간 입증하며 성공을 위해 앞만 보고 달려온 사람이었다. 버지니아는 레너드의 가문이나 연고에는 관심이 없었다. 오직 그의 능력과 열정을 높이 평가했다. 레너드의 가난도 문제 될 것이 없었다. 버지니아는 글을 써서 직접 돈을 벌고 싶었으므로, 그가 무일푼이라는 사실에는 조금도 신경 쓰지 않았다.

두 사람은 오직 읽고 쓰는 삶을 지향했다. 서로 돕고 격려하면서 꾸준히 성장하기를 원했다. 버지니아와 레너드는 함께 삶을 꾸려 가되 자신의 '일'에서 한 걸음 더 나아가고자 최선을 다했다. 두 사람은 더욱 가까워지기 위해서라도 새로운 도전을 멈추지 않았다. 두 사람의 연대는 나날이 견고해졌다. 서로의 첫 번째 독자가 되기를 자처했다. 집 안에서 자주 편지가 오고 갔다. 꼬박꼬박 일기도 썼다. 상대를 더 깊이 이해할 수 있었다. 버지니아는 레너드와 함께 생활하면서 오랫동안 끌어안고 있었던 작품에 과감하게 마침표를 찍었다. 그녀는 결혼 이듬해인 1913년에 첫 장편소설 『출항』을 완성했다. 최소 7회, 최대 12회까지 고쳐 쓴 작품으로 추정되는 『출항』은 1915년에 출간되었다.[15]

레너드는 몇 권의 소설을 발표했지만, 버지니아의 소설을 읽으면서 글쓰기의 방향을 전환한다. 레너드는 소설 창작을 고집하는 대신 자신의 전공과 정치적 신념을 현실 세계에 적용할 방법을 적극적으로 모색했다. 레너드는 1917년부터 노동당의 자문 위원회 비서로 일하는 한편, 국제 정치에 관한 글을 부지런히 발표했다.[16] 레너드의 글쓰기 영역이 문학에서 정치로 이동했을 뿐, 읽고 쓰는 부부의 생활에는 변함이 없었다. 언제나처럼 성실하고 평온하게 그들은 각자 글을 썼다. "지금 레너드는 자신의 기사를 쓴다. 우리는 저녁 내내

버지니아와 레너드 울프 부부

버지니아 울프(1927년)

책을 읽고 그다음 잠자러 간다."[17]

　레너드는 버지니아와의 결혼 생활을 다음과 같이 직접 이야기하기도 했다. "우리가 너무 아파서 일을 할 수 없거나 우리가 정기적인, 말하자면 정식으로 인가된 휴가를 가지 않는 한, 우리 두 사람은 하루도 쉬지 않았다. 우리는 매일 아침 일주일에 7일과 열한 달쯤 일하지 않으면 단지 잘못되었다고 생각했을 뿐만 아니라 불쾌하다고 느꼈다."[18] 두 사람의 일은 바로 읽기와 쓰기였다. 분초를 다투며 버지니아와 레너드는 오로지 일에 몰두했다. 이는 무자비한 세상으로부터 두 사람이 서로를 보호하는 길이기도 했다.

　그렇지만 부부의 사회적 보폭이 커질수록 그들을 향한 공격도 잔인해졌다. 버지니아와 레너드는 인신공격에 시달릴 때마다 크게 아파했다. 특히 버지니아의 소설이 성공을 거둘수록 그녀의 정신 질환을 물고 늘어지는 사람들이 많아졌다. 버지니아는 자신의 우울증과 불면증을 감춘 적이 없었다. 그러나 몇몇 사람들은 그녀의 우울증과 불면증이 마치 광기라도 되는 양 떠들어 댔다. 레너드는 분노했다. 레너드는 버지니아가 결코 미친 여자가 아니었다는 사실을 평생에 걸쳐 반복적으로 이야기했다. "버지니아는 일상생활을 정상적으로 유지했습니다. 그녀는 매우 재미있게 그리고 쾌활하게 지냈습니다. 나의 아내는 정상적이고 정신이 올바른 사람으로서 실망도 하고 의기양양해하기도 했습니다. 다시 말하자면 하루에 스물네 시간을, 1년에 365일을 그녀는 나나 보통 사람처럼 실망도 하고 기뻐도 했다는 말입니다."[19]

레너드는 버지니아를 가장 잘 아는 사람, 버지니아를 가장 정확하게 이야기할 수 있는 사람이 되고자 했다. 자신의 모든 이력이 지워지고, 오직 버지니아의 남편으로만 기억된다 할지라도 버지니아가 온당한 평가를 받을 수만 있다면 레너드는 기꺼이 그 길을 선택할 각오가 되어 있었다.

두 사람은 그렇게 언제나 함께했다. 버지니아와 레너드는 호가스 출판사를 공동으로 운영했다. 협력은 생존을 위해서도 필수적이었다. 1917년에 인쇄기를 구입한 버지니아와 레너드는 중단편 소설을 합쳐서 공저를 펴내기로 결정한다. 32페이지짜리 작은 책을 두 달에 걸쳐 150부 찍어 내는 데 성공했다. 버지니아의 『벽 위의 자국』과 레너드의 『세 유대인』을 한 권의 책으로 합쳤다. 버지니아와 레너드의 공저 『두 개의 이야기』는 한 달 사이에 150부 가까이 팔렸다.[20]

레너드는 경비를 최소화하며 규모가 크지 않더라도 좋은 책을 엄선해서 내는 출판사를 운영하기로 결심했다. 버지니아의 작품도 연이어 호가스 출판사에서 나왔다. 두 사람 모두 지독한 애서가였으므로, 자신들이 사랑하는 작가들의 작품에 특히 애정을 쏟았다. 버지니아는 러시아 문학에 조예가 깊었다. 1919년에 막심 고리키의 『톨스토이 회상록』을 호가스 출판사에서 번역 출판했다는 사실은 여전히 놀랍다. 버지니아와 레너드는 뛰어난 감식안과 폭넓은 교우 관계를 바탕으로 출판사의 내실을 다져 나갔다.[21] 서로에게 최고의 동업자이기도 했던 버지니아와 레너드는 출판사 업무가 많아지자 역할을 분담하기로 합의했다. 버지니아는 작품 구상을 마친 상태였다. 글쓰기에 매진하기로 했다. 레너드는 정치 활동을 병행하면서 혼자서 출판사를 경영했다.

그들의 일상은 고요하고 따뜻했다. 버지니아는 "우리 부부의 평균적인 하루"를 대략 다음과 같이 이야기했다. "아침 내내 글을 썼다." "한 챕터를 끝냈다." "레너드는 서평을 마쳤다."[22] 버지니아와 레너드의 결혼, 더 정확하게는 그들의 사랑과 우정이 낳은 위대한 성취는 바로 "평균"을 예측할 수 있는 삶을 구축한 것이었다. 글을 쓰고 책을 읽으며 서로 신뢰할 수 있는 우정의 기반을 닦았던 버지니아와 레너드.

그토록 눈부시고 소중한 시간들은 전쟁으로 파괴되었다. 책을 읽을 수도 글을 쓸 수도 없게 되자 버지니아는 삶을 정리한다. 하지만 버지니아의 죽음은 오직 전쟁의 폭력성과 광기만을 겨냥하고 있을 뿐, 두 사람의 일상은 고스란히 작품으로 축적되었다. 1931년 5월 28일, 버지니아는 "레너드의 신과도 같은 선량함"[23]으로 자신의 삶이 지속될 수 있었다고 회고했다. 그리고 10년 후, 그녀는 지상을 떠나기 직전 마지막으로 레너드에게 글을 남겼다. "내 삶의 모든 행복은 당신 덕분이었어요."[24] 버지니아와 레너드의 완전무결한 우정과 선량한 사랑을 무한히 예찬한다.

호가스 출판사에서 출간한 버지니아와
레너드 울프의 책 (왼쪽부터 『등대로』,
『두 개의 이야기』, 『파도』, 『댈러웨이 부인』)

문학과 음악의 정치적 결합

**버지니아 울프와
에설 스미스**

1909년 11월, 버지니아 울프는 에설 스미스의 오페라 「난파선 구조자들(The Wreckers)」의 런던 초연을 보러 갔다.[1] 석 달 전 독일에서 본 「파르지팔」보다 훨씬 훌륭했다. 바이로이트와 드레스덴에서 친구들과 감상한 바그너의 오페라는 다소 공허했다.[2] 그러나 스미스의 「난파선 구조자들」은 달랐다. 생동감 넘치는 오페라를 켈트어의 느낌을 살려 작곡한 스미스의 역량에 감탄했다. 계급을 타파하고 배를 위험에서 구한 연인들을 끝내 추방하고 그들에게 익사를 선고하는 서사 구조로 이어지는 「난파선 구조자들」은 작품 전반에 걸쳐 팽팽한 긴장감을 유지하고 있었다. 기성 질서의 견고한 동맹과 추방된 사람들의 거친 저항이 바다를 연상시키는 음

글 쓰는 여자들의 특별한 친구

악으로 표현된 오페라 「난파선 구조자들」은 울프에게 기분 좋은 충격을 선사했다.[3]

울프는 런던 위그모어 홀의 관객석에서 아낌없이 박수를 보냈다. 새로운 시대를 개척 중인 여성 작곡가는 과연 어떤 사람일까? 자연스럽게 관심을 가지게 되었다. 버지니아 울프가 공연장에서 우연히 본 스미스는 어딘지 모르게 화난 모습이었다. 중년의 작곡가는 공연장의 좌석 통로 사이를 왔다 갔다 하면서 큰 목소리로 이야기하고 있었다.[4]

몇 년 후, 스미스는 울프의 독자가 된다. 울프의 신작이 나올 때마다 열심히 챙겨 읽던 스미스는 결국 평생 동안 기다린 역작을 만났다. 1929년 10월에 출간된 울프의 『자기만의 방』을 읽고 스미스는 여성 해방 운동사에 불멸의 고전이 탄생했다며 환호했다. 칠순을 넘긴 스미스는 이듬해인 1930년, 48세의 울프에게 편지를 보낸다. 일흔두 살의 노작곡가는 스물네 살 연하의 작가에게 온 마음을 담아 최고의 찬사를 전했다. 울프는 뿌듯했다. 지체 없이 답신을 보냈다. 울프는 스미스에게 만남을 청했다. 두 사람은 급속도로 가까워졌다.

1930년부터 1941년까지 엄청난 분량의 편지가 두 사람 사이를 오고 갔다. "보내 주시는 어떤 편지라도, 어떤 기록이라도 언제나 반갑게 읽겠습니다."[5] 울프는 스미스에게 받은 긍정적인 영향을 숨기지 않았다. 선배 예술가를 향한 존경심도 적극적으로 표현했다. "그녀는 앞서 나가서 나무들을 베고, 바위를 폭파하고, 다리를 놓아 뒤에 오는 사람들을 위해 길을 닦았습니다. 따라서 우리는 그녀를 음악가이자 작가로서만이 아니라 암석 폭파자이자 교량 건설자로서도 존경하는 바입니다. 제 직업과 관련해 의심의 여지 없이 저는 말 없고, 자신을 드러내지 않는 에설 스미스에게 큰 빚을 지고 있습니다."[6] 1940년, 지상에서 보낸 마지막 크리스마스를 하루 앞둔 날에도 울프는 스미스에게 편지를 보냈다. "곧 선생님을 만나러 가겠습니다. 왜냐하면 저는 꼭 선생님과 생각을 나누어야 하거든요."[7] 울프와 스미스는 서로의 생각을 잘 이해했다.

물론 울프와 함께 성장을 도모한 친구들은 이전에도 있었다. 울프는 1905년에 블룸즈버리로 이사하면서 친구들과 함께 토론 모임을 시작했다. 경제학자 존 메이너드 케인스, 작가 E. M. 포스터 등이 이 블룸즈버리 그룹의 일원이었다. 아버지가 세상을 떠난 뒤, 울프는 엄청난 분량의 공부를 빠른 속도로 해치웠다. 딸이라는 이유 하나로 자신과 언니를 학교에 다니지 못하게 했던 아버지에게 복수하는 심정으로 다양한 분야의 전문 서적들을 읽었다. 블룸즈버리 그룹 회원 가운데 여자는 울프와 그녀의 언니 버네사 두 사람뿐이었다.

케임브리지 대학을 졸업한 남자 친구들을 추월하고 싶었다.

그러나 경쟁심은 이내 사라졌다. 진정한 내적 성장을 끝없이 갈구했다. "모든 것이 새로워야만 했고, 모든 것이 달라져야만 했다. 모든 것을 시험해 보았다."[8] 명민한 친구들과의 토론 시간이 축적될수록 진학 좌절로 입은 울프의 상처는 서서히 치유되고 있었다. "그러한 토론으로부터 버네사와 나는 갓 입학한 대학생들이 처음으로 친구들을 알게 되었을 때 얻는 것과 꼭 같은 즐거움을 얻었다. 그리고 마침내 우리도 우리의 머리를 쓸 수 있게 되었다."[9]

울프는 1917년부터 호가스 출판사를 운영하며 만난 당대 최고의 필자들과도 건강한 긴장 관계를 유지했다. 편집자이자 작가로서 압축 성장을 경험한다.[10] 울프에게 일과 우정, 사랑과 글쓰기는 늘 함께 따라다녔다. 비타 색빌웨스트를 만나 우정과 사랑의 심연을 들여다보면서도 울프는 그를 모델로 삼아 『올랜도』(1928)의 집필을 마쳤다.[11] 이렇듯 울프는 생산적인 우정을 일생 동안 실천했다.

울프는 자신의 소설 창작 과정에 대해 무엇인가 말하고 싶을 때마다 스미스에게 편지를 보냈다. 울프는 『등대로』(1927)와 『파도』(1931)가 어떠한 연결 고리를 가지고 있는지 스미스에게 이야기했다. 또한 창작의 고통을 느끼면서도 주체할 수 없이 글을 쓰고 싶은 모순적인 욕망과 싸우고 있는 자신의 내면을 있는 그대로 털어놓았다.[12] 울프는 스미스를 만나는 날을 기다렸다.

두 사람은 서로의 한계를 모른 척하지 않았다. "내 생각에 에설의 음악은 너무 문자 그대로의 느낌이고, 너무 긴장되어 있는 것 같다. 내 취향이라 하기에는 너무 교훈적이다. 그러나 '이것이 음악이다.'라는 사실에 늘 강한 인상을 받는다. 특히 에설이 그처럼 실제적이고 활기찬 학자적 정신에서 시종일관된 화음과 조화, 그리고 멜로디를 짜낸다는 사실에 감명을 받는다."[13] 스미스도 울프의 정신이 불안하다고 판단될 때에는 따끔하게 충고했다. "오직 버지니아 울프만이 삶에서 쟁취할 수 있는 가치를 다소 위태롭게 옮기고 있음"[14]을 때때로 안타까워했다.

이 세상 모든 우정의 역사에서 반복적으로 드러나듯이, 울프와 스미스도 친구였으므로 서로에게 실망하거나 소원해지는 시기를 피할 수 없었다. 울프는 스미스의 과도한 자기 도취가 버거웠다. 스미스는 울프 특유의 쌀쌀맞은 태도에 자주 마음을 다쳤다.[15] 그럼에도 불구하고 스미스에게 울프의 문학 작품은 구원이었다. 자기 자신을 늘 최고라고 생각했던 스미스는 울프의 글을 읽고 나서 잠시나마 조금은 겸손해졌다.

"음악이 곤경에 처한 나를 버린 후, 버지니아 울프는 내

에설 스미스 (1903년)

에실 스미스가 작곡하고 여성사회정치연맹(WSPU)에
헌정한 합창곡 「여성의 행진」(1911년)

삶의 중심이었다."[16]라는 말 속에는 스미스의 절박함이 스며들어 있었다. 작곡의 영감을 얻기 위해서라도 스미스는 울프의 작품을 탐독했다. 반대로 울프는 소설을 쓸 때마다 작곡 기법을 익히고 싶었다. 스미스가 울프에게 달려온 이래로 그들의 우정은 순간순간 진귀한 풍경을 연출했다. 사실, 스미스의 삶에서 자주 벌어지는 일이기도 했다.

스미스의 삶은 '질주'의 연속이었다. 스미스는 1858년 영국 런던에서 태어났다. 열두 살 때 음악 가정 교사의 베토벤 연주를 듣고 전율을 느낀 후로 줄곧 작곡가가 되기를 희망했다. 자신도 선생님처럼 라이프치히 음악원에서 제대로 공부하고 싶었다. 스미스는 독일 유학을 선언했지만, 육군 소장 출신의 아버지는 여자가 음악을 공부하러 외국에 가면 타락하거나 파멸에 이르게 될 것이라고 단정하며 딸의 결정을 완강하게 반대했다. 스미스는 죽기 살기로 저항했다. 방 밖으로 나오지 않았다.[17] 아버지는 결국 독일 유학을 승낙할 수밖에 없었다. 그러나 실상은 도주에 가까웠다. 스미스는 용감무쌍했다. 몸이 날쌨다. 바로 짐을 싸 독일로 향했다.

그 당시 라이프치히 음악원에서 여학생들은 주로 성악, 피아노, 하프 등을 전공했지만, 스미스는 달랐다. 카논과 푸가를 습작하고 소나타 작곡에 몰두했다. 스승의 친구인 브람스를 만날 기회도 가졌다. 스미스는 1880년대 중반부터 부지런히 작품들을 완성했지만, 공연할 기회를 잡기가 매우 어려웠다. 열심히 문을 두드려 보는 수밖에 없었다. 5년 동안 유럽 전역의 오페라 극장을 찾아다니며 단장들에게 직접 작품을 설명했다.[18] 뒤늦게 결실을 맺었다. 스미스가 특별한 애착을 가졌던 「난파선 구조자들」이 1906년 라이프치히의 신(新)극장에 올라갔다. 대중들의 사랑과 전문가들의 호평에 힘입어 스미스는 영국으로 돌아가기로 결심한다. 1909년 11월, 「난파선 구조자들」은 런던 관객들을 맞이했다.[19]

여섯 차례의 귀국 공연을 성공적으로 마친 스미스는 영국 사회의 구조적인 변화에 관심을 가졌다. 에드워드 시대로 불린 1900년대 초반의 영국은 보수 세력과 혁신 세력이 첨예하게 대립하고 있었다. 양극화의 시대라는 말이 유행했다.[20] 1910년에 우연히 에멀라인 팽크허스트의 연설을 듣게 된 스미스는 마치 처음 베토벤 음악을 접했던 순간의 감동을 경험하는 것 같았다. 스미스는 음악 활동과 관련된 일정들을 잠시 유보했다. 여성 참정권 획득을 앉아서 구경만 하며 기다릴 수는 없었다.

당시 여성 참정권 운동을 주도하고 있었던 팽크허스트는 참정권을 획득해야 비로소 여성이 영국 사회의 구성원으로서 남성과 동등한 권리를 누리며 억압과 차별로부터 해방될 수 있을 것이라고 설파했다.[21] 1910년 전후로 팽크허스트가 영국 여성들에게 미친 영향력은 매우 컸다. 1910년, 울프도 여성 참정권 운동에 동참했다. 울프는 참정권 운동 본부에서 무관심한 정치가들에게 보내는 편지 봉투에 주소를 적는 일을 했다.[22] 가시적인 성과를 얻기까지 꽤 오랜 시간이 걸렸다. 1918년, 30세 이상의 영국 여성들은 투표를 할 수 있게 되었다. 울프는 그때까지 시간을 쪼개 참정권 운동에 조용히 동참했다. 이 시기의 경험을 잊지 않았다. 훗날 작품으로도 재현했다. 울프 작품 가운데 드물게 역사 소설로 분류되기도 하는 『세월』(1937)에서 여성 참정권 운동가인 로즈 파지터의 이야기가 비중 있게 다루어진 것은 우연이 아니었다.

　한편 스미스는 참정권 운동의 전면에서 활발하게 움직였다. 스미스는 동갑내기 운동가 팽크허스트와 시대의 책무를 함께 짊어지고 싶었다. 스미스와 팽크허스트는 말이 잘 통했다. 세상을 바라보는 관점도 비슷했다. 서로가 아주 오래된 친구처럼 느껴졌다. 정치적 지향점이 명확해질수록 스미스의 음악 세계에도 변화가 생겼다. 1911년에 스미스가 발표한 합창곡집 『동틀 녘의 노래』 가운데 「여성의 행진」은 여성 운동을 염두에 두고 만든 작품이다. 스미스는 여성들의 투쟁 의식과 연대감을 강조한 운동가를 연이어 발표했다.[23] 실제로 스미스는 여성들의 우정이 여성 해방을 앞당긴다고 강력하게 믿고 있었다. 스미스에게 우정은 종교적 신념에 가까웠다.

"음악가로서 어려웠던 순간순간에 가장 큰 도움을 준 사람들은 여성이었다. 따라서 모두가 비범한 품성을 지녔다고 생각되는 특정한 여성들과 나의 관계는 내 인생의 빛나는 실들이었다. (……) 만약 세상 사람들이 여자들의 우정을 비웃고 험담한다면, 이것은 여자들이 남자들로 하여금 여자들에 대해 나름대로 생각해 보도록 허용할 때만 통과할 수 있는 싸구려 일반화 중의 하나에 불과하다고 덧붙이고 싶다."[24]

그러나 여성을 향한 영국 사회의 무관심과 냉대는 지속되었다. 여성 참정권 운동은 어쩔 수 없이 과격한 노선을 걷게 된다.[25] 1912년, 스미스는 팽크허스트의 여성사회정치연맹(WSPU)이 주도한 가두시위에 함께했다. '만일 모든 여자들이 내 아내만큼 예쁘고 현명하다면 다음 날이라도 투표권을 허락하겠다.'라는 취지의 발언을 한 장관의 저택에 시위 참가자들은 돌을 던졌다.[26] 스미스는 2개월 형을 받고 수감되었다. 그러나 스미스의 정치적 의지는 꺾이지 않았다. 「여성의 행진」을 부르며 저항하는 수감자들 앞에서 스미스는

글 쓰는 여자들의 특별한 친구

여성 참정권 운동 집회에서
단상 위에 서 있는
에설 스미스(1912년)

「여성의 행진」 악보

칫솔로 지휘했다.

정치적 압박에는 조금도 굴복하지 않았지만, 뜻밖의 문제가 발생한다. 스미스의 청력이 나빠지고 있었던 것이다. 그녀는 자신에게 작곡할 수 있는 시간이 얼마 남지 않았을지도 모른다는 두려움과 싸워야 했다. 초조하고 불안한 날들이 이어졌다. 고민 끝에 스미스는 공적인 자아를 내려놓기로 결심한다. 2년 동안 헌신적으로 참정권 운동에 참여했던 스미스는 황급히 작곡가로 복귀할 수밖에 없었다. 하지만 누구보다 본인이 가장 먼저 알고 있었다. 음악이 빠른 속도로 자신을 떠나가고 있었다. 몰입의 대상이 필요했다. 스미스는 손에 잡히는 대로 책을 읽었다. 1912년 『출항』을 발표했을 때부터 울프를 주목했다. 스미스가 실토한 것처럼, 음악의 자리를 울프의 소설이 차지했다. 울프와 스미스의 삶은 뫼비우스의 띠처럼 연결되어 있었다.

1934년, 에설 스미스는 영국의 공회당으로 불리는 로열 앨버트 홀에서 자신의 작품이 연주되는 영광을 얻게 된다. 유럽 전역의 오페라 극장들을 찾아다니며 작품을 직접 팔아야 했던 여성 작곡가는 공연장 걱정을 하지 않아도 될 만큼의 명성을 말년에 이르러서야 얻었다. 영국 여왕도 스미스의 음악을 듣기 위해 그 자리에 앉아 있었다. 하지만 스미스에게는 아무것도 들리지 않았다.[27] 작곡가에게 청력 장애는 치

명적이었다. 자신이 작곡한 음악도 청중의 박수 소리도 들을 수 없게 된 스미스는 열두 살에 자신을 사로잡았던 베토벤을 완벽하게 이해할 수 있게 되었다.

스미스는 음악을 온전히 연주자들과 관객들에게 양도한 후, 문학에 매달렸다. 울프의 작품에 환호하며, 그녀와 편지로 우정을 쌓았다. 그리고 1940년까지 약 열 권의 회고록을 썼다.[28] 자신의 음악을 사람들에게 전하기 위해서라도 스미스는 글을 쓰는 수밖에 없었다. 스미스와 울프는 문학과 음악 그리고 정치를 횡단하며 동반 성장의 역사를 기록했다.

스미스는 비극적이며 동시에 희극적인 삶의 모든 흔적들을 "책이라는 황금으로 변모시킨" 울프를 진심으로 아꼈다. 울프는 스미스의 통찰에 크게 감화받았다. 스미스의 글쓰기를 성심성의껏 도와주기도 했다.[29] 때로는 스미스의 편집증과 노욕에 진절머리를 내기도 했지만, 울프는 사유의 확장이 필요할 때마다 도돌이표를 연주하듯 스미스에게 편지를 보냈다.

청력을 상실하고 더 이상 새로운 곡을 만들지 못하게 된 스미스와 전쟁의 광풍 속에서 글을 쓸 수 없게 된 울프는 서서히 죽음에 가까이 다가서고 있었다. 1941년 3월 28일, 울프가 강 속으로 걸어 들어갔다. "정복당하지 않고, 굴복하지 않고, 너를 향해 내 몸을 던지노라, 오오 죽음이여!"[30] 3년

에설 스미스(1922년)

후, 스미스도 세상을 떠났다. 그러나 두 사람이 주고받은 편지들이 남아 있다. 그녀들의 예술과 우정은 새로운 생명력을 얻었다. 여성들의 글쓰기와 우정은 끝나는 법이 없다.

글 쓰는 여자들의 특별한 친구

후원자의 돈, 작가의 글

페기 구겐하임과

주나 반스

주나 반스는 고향을 증오했다. 1892년 뉴욕주 콘월온허드슨의 통나무 오두막에서 태어난 반스는 일부다처제를 따르는 아버지와 어머니, 아버지의 애인들, 그들의 여러 아이들과 함께 유년 시절을 보냈다. 지옥이 따로 없었다. 무일푼의 딜레탕트임을 오히려 자랑스러워했던 반스의 아버지는 설상가상으로 온갖 종류의 신비주의에 탐닉했다.[1] 자신이 만들었다는 경구를 자녀들에게 주입시키려고 했다. 교육 제도를 철저하게 불신했다. 아버지는 딸을 집 안에 가두어 두다시피 했다. 반스는 철자 쓰는 법조차 제때 배우지 못했다. 게다가 아버지는 큰 범죄를 획책하고 있었다. 아버지 애인의 오빠와 미성년자인 자신의 결혼 이야기가 오고 갔다. 반스는

글 쓰는 여자들의 특별한 친구

도망쳤다.[2] 어머니도 아버지와 헤어지기로 결심한다. 반스는 어머니와 형제들과 함께 1909년에 롱아일랜드에 터를 잡았다. 일손이 부족했다. 반스도 "땅을 갈고, 밀을 빻고, 빵을 반죽하고, 닭 모가지를 비틀었다."[3] 농사일은 고되었지만, 아버지를 더 이상 마주하지 않을 수 있다는 사실에 해방감을 느꼈다. 학교를 다니고 싶었다. 멀지 않은 곳에 미국에서 가장 큰 도시가 있었다.

1912년에 반스는 뉴욕시로 향했다. 브루클린의 명문 미술학교 프랫 인스티튜트에 진학했다. 데생 공부에 흠뻑 빠졌다. 문제는 돈이었다. 어머니가 혼자서 생계를 꾸려 가지 못하자, 반스가 팔을 걷어붙였다.《브루클린 데일리 이글》의 기자로 일하면서 부업으로 삽화를 그리기도 했다. 반스의 취재 능력은 탁월했다. 틈틈이 시와 희곡을 썼다. 반스는 지식인들과 예술가들 사이에서 유명 인사가 되었다. 그리니치빌리지에서 열리는 파티에도 자주 초대받았다. 그곳에서 만난 진보 성향의 언론인 코트니 레몬과의 결혼 생활은 오래가지 못했다. 뉴욕에서의 삶은 점차 권태로워지기 시작했다. 새로운 자극이 필요했다. 1918년에 1차 세계 대전이 끝나자, 미국의 일류 예술가들이 마치 약속이라도 한 듯 하나둘씩 파리로 향했다. 뒤처지기 싫었다. 파리 주재원을 지원했다.

1920년, 반스는 파리에 도착했다. 카페에 앉아만 있어도 정신의 키가 자라는 것만 같았다. 자주 성당을 찾았다. 묵상 후 무섭게 글쓰기에 몰두했다. 1919년부터 파리의 명소로 명성이 자자했던 실비아 비치의 서점 '셰익스피어 앤드 컴퍼니'에 반스는 출근하듯이 드나들었다.[4] 그곳에서 에즈라 파운드, 제임스 조이스, T. S. 엘리엇, 어니스트 헤밍웨이, 만 레이 등과 만나 우정을 쌓았다. 피카소, 이사도라 덩컨, 스트라빈스키 등의 대가들도 공연장과 파티에서 어렵지 않게 만날 수 있던 시절이었다. 하지만 역시 셰익스피어 앤드 컴퍼니가 최고였다. 영어 책을 찾는 독자들이 매일같이 몰려들었다. 누가 독자이고 누가 작가인지 구분이 되지 않았다. 작가들이 서점에서 책을 고르고 있었다. 낭독회 또한 격조 높은 파리의 문화 풍경이었다. 1922년에 출판사도 겸하고 있던 셰익스피어 앤드 컴퍼니에서 『율리시스』를 내게 된 제임스 조이스는 특별히 자신이 직접 주석을 단 원고를 반스에게 선물하며 반스를 격려했다.[5] 반스는 파리에서 앙드레 지드, 에릭 사티, 사뮈엘 베케트, 조세핀 베이커, 거트루드 스타인, 이디스 워튼 등을 차차 알아 가게 된다.[6]

　미래의 거장들은 그렇게 파리에서 작곡을 하고, 사진을 찍고, 노래를 부르고, 그림을 그리고, 춤을 추고, 글을 쓰고 있었다. 반스는 경쟁자들을 의식하며 팽팽한 긴장감을 유지할 수 있는 파리가 마냥 좋았다. 특히 1921년에 만난 조각가

셀마 우드와의 사랑은 매우 특별했다. 반스는 구원과 파멸을 넘나드는 경험을 글로 써 보고 싶었다. 그녀는 1928년에 자신의 자전적 이야기를 담은 『라이더(Ryder)』를 출간해 호평을 받았다. 같은 해 익명으로 자비 출판한 『숙녀 연감(Ladies Almanack)』 또한 프랑스 문단의 주목을 받았다. 반스는 작가로 성공하고 싶었다. 문학적 야망은 점차 커져만 갔다.

사실 파리에서 생활하면서부터 반스는 저널리즘 글쓰기보다 소설 창작으로 승부를 보고 싶었다. 그러나 여러 매체에 기사를 써서 생계를 해결했던 반스에게는 늘 시간과 돈이 부족했다. 최소한의 생활비가 마련된다면, 오직 읽고 쓰는 일에만 매달리고 싶었다. 목돈이 필요한 것도 아니었다. '달러 자산가'를 후원자로 만날 수 있다면 금상첨화라고 생각했다. 당시 많은 미국 출신의 젊은 예술가들이 파리에 정착할 수 있었던 이유 가운데 하나는 '환율'이었다. "1920년대에는 1달러 환율이 약 20프랑이었다. 많이 떨어질 때는 14프랑까지 내려갔지만 대체로 그 정도 수준에서 고정되었다. 호텔과 여행 경비를 포함해서 하루 5달러면 프랑스에서는 편안하게, 심지어 풍족하게 생활할 수 있었다. 생활비는 대략 미국의 절반 정도밖에 들지 않았다."[7]

1903년에 일찍이 파리로 이주해 1946년 파리에서 생을 마감할 때까지 수많은 예술가들에게 도움을 준 미국 출신의 미술품 수집가이자 소설가이며 시인인 거트루드 스타인이 있었지만, 반스는 그녀에게만은 절대 손을 내밀고 싶지 않았다. "위압적이고, 명성을 탐욕스레 갈망하는 만큼 자기 확신이 강하고, 프랑스인들이 문학에 눈곱만치도 재능이 없다는 소리를 아무에게나 떠들어 대던 거트루드 스타인을 주나 반스는 끔찍한 인간이라고"[8] 생각했다. 반스가 경험한 바에 따르면, 스타인은 "자기에게 상냥한 작가들에 대해서만 우호적으로 얘기했다".[9]

다행스럽게도 파리에는 "연간 개인 수입이 2만 달러가 넘었던"[10] 페기 구겐하임이 있었다. 1912년 타이태닉호 침몰로 열네 살에 갑자기 아버지를 잃게 된 구겐하임은 스물하나에 상속녀가 되었다. "1919년 여름 나는 큰돈을 손에 쥐었다. 나는 상속을 받고 독립했다."[11] 구겐하임의 천문학적인 재산 규모가 공공연한 비밀로 나돌았다. "그녀는 자기 명의로 3000만 달러를 가지고 있으며 그녀의 어머니가 죽으면 7000만 달러가 된다고 합니다."[12] 젊은 나이에 거부가 된 구겐하임은 돈의 힘을 믿었다. 돈만이 자신을 보호해 줄 수 있다고 믿었다. 돈 앞에서 구겐하임은 대단히 냉혹했다. 구겐하임에게는 분명 피도 눈물도 없는 미술 수집가의 면모가 있었다. 1940년에 "마흔두 살의 구겐하임은 나치가 도착하기 전에 절박하게 파리를 떠나는 미술가들로부터 작품을 사기

바빠서 짐을 끌고 파리 시내를 오가는 피란민의 모습을 보면서도 별 감흥이 없었다. 그녀는 가치가 4000만 달러 이상은 족히 될 소장품을 25만 달러에 사들였다".[13] 그뿐만이 아니었다. 때로는 레스토랑에서 계산서를 가지고 옥신각신할 정도로 인색했다.[14] "집 안은 언제나 춥고 먹을 것이 없었던 것으로 전해지기도 했다."[15]

하지만 자신이 가치 있다고 생각하는 일에는 반드시 돈을 썼다. 미술 작품 못지않게 구겐하임은 책을 사랑했다. 제련업으로 큰 부를 축적한 구겐하임 집안에서 1898년에 태어난 그녀는 부유한 유대인 소녀들을 위해 설립된 사립 재단이 운영하는 자코비 학교에서 "책과 사랑에 빠졌고 이 사랑은 한평생 지속되었다."[16] 한마디로 구겐하임은 독서광이었다. 루이자 메이 올컷, 조지 버나드 쇼, 입센, 톨스토이, 투르게네프, 도스토옙스키, 헨리 제임스, 프루스트, 오스카 와일드, 헨리 밀러 등 구겐하임의 독서 목록은 광범위했다. 기관지염 등 건강 문제로 학교를 2년 만에 그만둔 구겐하임은 앞으로 무엇을 하고 살 것인지 심각하게 고민했다. "여생을 바칠 그 무엇에 본격적으로 빠져"[17]들고 싶었다. 독학자의 길을 걷는 대신 평생 공부하는 자세로 살겠다고 다짐한다.

또한 그녀는 자신의 이탈리아어 선생님이었던 루실 콘에게 큰 감화를 받았다. 콘이 강조한 "사회를 위한 더 나은

제24회 베네치아 비엔날레에 자신의 미술품 컬렉션을
대여해 주었던 페기 구겐하임(1948년)

주나 반스(1925년)

변화"에 기여하고 싶다는 막연한 포부를 가지고 있었다. 구겐하임은 기발한 아이디어와 상상력이 넘치는 사람들을 드러내 놓고 좋아했다. 구겐하임은 증권 투자자들이나 금융 전문 변호사들을 살짝 깔봤다. 돈의 가치를 신봉하면서도 세상을 다른 방식으로 표현하고 설명하는 사람들에게 매력을 느꼈다. 구겐하임은 후원 대상을 예술가들로만 한정 짓지 않았다. 1926년에는 영국 광부들의 투쟁 기금으로 1만 달러를 냈고, 1928년 무렵부터는 페미니스트이자 아나키스트 운동가였던 엠마 골드만의 책 집필을 약 3년 동안 후원했다. 골드만의 친화력은 탁월했다. 두 사람은 스물아홉 살의 나이 차이를 뛰어넘어 친구가 되었다.[18] 구겐하임은 정규 교육을 받지 않고 독학으로 공부해 국제적인 활동가가 된 골드만의 투지와 개척 정신을 높이 평가했다. 구겐하임 또한 자신의 감각과 안목으로 유럽 문화계에 진출했다는 자부심이 컸다.

1931년에 골드만은 『나의 삶을 살다』를 출간했고, 책 서문과 본문에 구겐하임에게 전하는 감사의 말을 각별히 남겼다. 구겐하임은 후원자에게 응당 적절한 보답이 있어야 한다는 생각을 가지고 있었기 때문에 인사말에 별다른 감흥을 보이지 않았다. 무엇보다 구겐하임은 골드만의 책 속에 등장하는 자기 자신의 모습이 불만족스러웠다. 골드만의 책이 성공을 거두자 기쁨 못지않게 서운함과 상실감도 느꼈다. 결국 골드만과 구겐하임은 서로에게 등을 돌렸다. 골드만은 말했다. "내가 굶어 죽는 한이 있어도 폐기에게는 다시 도움을 청하지 않겠다. 많이 가진 사람과 남들의 영혼을 구제해야 하는 사람 사이에 진정하고 영원한 우정이란 없다고 나는 항상 생각해 왔다. 폐기는 잠시 나로 하여금 그런 생각을 잊게 했다. 이제 나는 그녀도 남과 다르지 않다는 것을 알았다."[19] 골드만은 구겐하임의 열등감을 공격했다. 돈으로 사람들을 잠시 모을 수는 있지만, 돈으로 타인의 마음과 재능을 결코 가져갈 수는 없음을 지적했다. 구겐하임은 골드만의 비판에 치를 떨었다. 이후 골드만은 유럽과 미국에서 연설가로 활약하며 국제적인 명성을 쌓았다. 런던에서 골드만은 구겐하임과 재회했지만, 두 사람은 현관 앞에 서서 몇 분 동안 이야기를 나누었을 뿐이었다. 돈이 매개가 되어 시작된 우정은 돈으로 무너졌다.

하지만 구겐하임은 후원자의 역할과 지위를 포기하지 않았다. 후원자보다 더 큰 보람을 선사하는 정체성을 찾기도 어려웠다. 문학에 기대를 걸었다. 주나 반스의 작품은 독특한 매력을 가지고 있었고, 구겐하임은 문학 애호가를 자처하며 반스를 후원했다. 반스와의 우정은 구겐하임의 삶에서 큰 의미를 차지했다. 두 사람은 희생과 배신, 존경과 경멸, 애정과 증오를 반복하며 60년 가까운 세월을 함께 보냈다. 폐기는 주나를 파격적으로 후원했다. "그녀는 주나 반스에게 매달 40달러의 연금을 지급하기 시작했다. 주나는 결코 대중적인 성공과는 거리가 먼 소설가였으며 기나긴 일생을 페기의 은혜로 연명했다. 페기는 대체로 꾸준히 연금을 지급해 주었고, 매번 인상해 주었으며, 페기가 죽은 다음에는 아들 신드바드가 대를 이어 1982년 반스가 죽을 때까지 지원을 멈추지 않았다."[20]

파리에서 구겐하임을 만나면서부터 반스는 자신이 세운 삶의 목표들에 점차 가까워지고 있었다. 그러나 예상치 못한 큰 위기가 닥쳐왔다. 1928년까지만 해도 자신의 미래를 더없이 밝게 전망했던 반스는 1929년 셀마 우드와 결별하면서 나락으로 떨어지고 있었다. "우리는 과연 스스로 신세를 결딴내는 데 일생의 얼마만큼을 할애하는 걸까요?"[21] "침상에서 일어난 지 일주일 만에 그는 스스로를 잃었으니, 마치 돌이킬 수 없는 일을 저지른 듯 갈피를 잡지 못했고, 이 행위로 말미암아 난생처음 주의가 붙들린 듯했다."[22] 반스는 폭음으로 하루하루를 무의미하게 보냈다. 건강은 빠른 속도로 악화되었다. "주나는 잭 다니엘을 병째 마시기 시작했고, 알코올 중독에 의한 경직과 섬망증을 겪었다."[23] 구겐하임은 고민 끝에 특단의 조치를 취한다. 1932년 여름부터 1년 동안 영국 헤이퍼드의 저택을 거액의 비용을 지불하고 빌렸다.

반스에게 완전히 새로운 집필 환경을 마련해 주고 싶었던 것이다.

반스는 그곳에서 두 번의 여름을 보내며 "침실에 온종일 틀어박혀 미친 듯이 쓰는" 삶으로 조금씩 돌아갈 수 있었다. "점심때까지 침대에서 글을 쓰고 나서 독서를 하고, 황무지로 산책을 나가거나 테니스공을 몇 번 치는 것이 헤이퍼드에서 보내는 주나 반스의 일정이었다."[24] 반스는 그렇게 『나이트우드』를 완성한 후, 그 작품을 구겐하임에게 헌정했다. T. S. 엘리엇도 반스를 위해 발 벗고 나섰다. 편집을 맡아서 책 출간을 적극 도왔다. 1936년에 영국에서 『나이트우드』가 나왔다. 그 이듬해에는 미국에서 재출간되었다. 엘리엇은 기꺼이 서문을 썼다. 반스는 잠시 안정을 되찾는 듯했다.

하지만 미국의 비평가들은 일제히 반스의 신작을 비난했다. 1936년에 성도착이라 여겨졌던 다양한 섹슈얼리티 및 제3의 성을 다룬 퀴어 문학 작품은 독자들과 비평가들로부터 외면당했다. 『나이트우드』는 퇴폐적인 작품으로 낙인찍혔다. 반스는 자신이 참패했다고 여겼다. 패배를 받아들일 수 없었다. 또다시 폭음이 시작되었고, 자살을 기도하기도 했다. 안타까운 마음으로 자신에게 의사를 보낸 친구 구겐하임에게도 도리어 폭언을 퍼부었다. 구겐하임도 더는 참기 어려웠다. 그녀는 주나의 알코올 중독에 몸서리쳤다. 그녀는 반스를 도덕성이 완전히 붕괴된 사람처럼 여겼다. 급기야 구겐하임과 반스는 공개적으로 서로를 공격하기에 이른다. 1940년에 구겐하임은 지인에게 편지로 자신의 분한 심경을 토로했다. "주나는 나에게 25년 된 친구가 아니라 그저 1920년부터 나의 도움을 받아 온 지인에 불과했다는 것이 지금 내 심정이에요. (……) 나는 주나가 내게 도움을 받은 이들 중에서도 가장 배은망덕한 사람이라고 생각해요. (……) 그녀는 내가 자기에게 베푸는 은혜는 하나같이 당연하게 받아들이면서도, 정작 다른 사람들의 사소한 도움은 대단하게 여긴답니다."[25]

서운함과 실망은 멸시로 이어졌다. 1961년《더 타임스》와의 인터뷰에서 구겐하임은 반스를 포함해 자신이 후원하는 예술가들에게 대단히 모욕적인 발언을 남겼다. "전력을 다해 그들을 돕고는 있지만 사실 나는 그들을 싫어해요."[26] 반스는 평정심을 잃고 말았다. "돈 많은 더러운" 구겐하임에게 저주를 퍼부으면서 기사를 오려 내고야 말았다.[27] 결국 반스는 셀마 우드와의 이별과 『나이트우드』에 쏟아진 혹평을 견디지 못하고 끝내 파리 생활을 정리할 수밖에 없었다. 그녀는 1940년에 뉴욕 그리니치빌리지로 돌아갔다. "자부심이 대단해서 스스로 위대한 천재라고 생각하지 않고는 글을 쓰지 못한다."[28]라고 했던 반스는 안간힘을 다했다. 독한 마음을 먹었다. 1948년부터 배수진을 친 심경으로 글을 썼다. 1950년에 술을 끊었다. 『나이트우드』 출간 22년 만인 1958년에 시극 『안티폰(The Antiphon)』을 발표했다.

하지만 각자 개성과 자존심이 몹시 강했던 반스와 구겐하임은 서로에게 먼저 화해를 청하지 않았다. 어쩌면 예정된 운명이었는지도 모른다. 왜냐하면 "한쪽은 재능이 있었고, 다른 쪽은 돈이"[29] 있었기 때문이다. 구겐하임의 말처럼, 작가는 "자신이 가진 재능이 어떤 것인지 알고 있었으며, 그것을 사용할 수 없는 현실을 짜증스러워"[30]하며, 글을 쓸 수 없는 상황을 견디지 못하는 존재임이 틀림없다. 동시에 두 사람에게는 공통의 감각이 있었다. 구겐하임과 반스는 스스로를 영원한 이방인으로 규정했다. 경계인의 삶을 부인하지 않았지만, 누군가에게 이용당한다는 생각을 견디지 못했고 자신을 멸시하는 사람들을 결코 용서하지 않았던 점도 같았다.[31]

반목의 시간이 영원하지는 않았다. 구겐하임과 반스에게는 논쟁도 우정의 일부였다. 다시 서로를 향해 말을 걸었다. 구겐하임은 반스에게 타이르듯 물었다. "불멸의 이름을 원치 않아요? 어떻게 그렇게 은둔해서 살 수 있습니까?" 안부 속에 가시가 박혀 있었다. 반스도 구겐하임을 공격했다. "알지도 못하는 사람, 이해하지도 못하는 사람에게 이야기해 준다고 불멸의 명성이 남는다고 생각해요?"[32] 반스는 60년 가까운 세월 동안 구겐하임의 연금으로 생활을 꾸려 갈 수 있었다. 그럼에도 불구하고 "나는 모든 자선을 혐오한다."[33]라고 잘라 말했다. 구겐하임이 후원하는 여성들에게 이중적인 태도를 보였던 것은 사실이었고, 돈을 받는 과정에서 많은 예술가들은 내상을 입었다.

후원자와 예술가 사이에 우정이 존재할 수 있을까? 그들의 우정은 돈 혹은 작품으로 이어진 것이었을까? 구겐하임과 반스. 그녀들의 진심이 과연 무엇이었는지 정확하게 가려낼 방법은 없다. 다만, 두 사람은 인생의 황혼을 맞으며 자연스럽게 서로에게 손을 내밀었다. 자주 편지를 보냈다. 속마음을 털어놓았다. "페기와 주나는 가끔 자기들이 마지막 남은 두 사람이라고 느꼈다." 구겐하임은 반스에게 "너무 오래 산다는 생각이 드는군요."[34] "힘이 충분치 않아요."라고 편지에 썼다. 반스는 "우리는 이제 내리막길에 들어섰나 봐요. 그렇지요?"[35]라고 맞장구를 쳤다. 반스와 구겐하임은 말년에 이르러서야 서로에게 "동조를, 같이 고개를 끄덕여 주는 것을, 지원을 필요로"[36] 한다고 나지막이 이야기했다.

1979년 12월에 구겐하임이 먼저 세상을 떠났다. 반스는 "완고하면서도 길을 잃어버린 듯한 발걸음이 이제 그곳에 없다고 생각하니 낯설게 다가오네요."[37]라고 애도했다. 수취

글 쓰는 여자들의 특별한 친구

인 없는 편지를 쓰며 마음이 아팠다. 반스는 구겐하임이 자신에게 보냈던 마지막 편지들을 다시 꺼내 읽었다. "나는 배를 타고 멀리멀리 떠다니는 것이 좋아요."[38] 그녀가 미리 답장을 써 놓았던 것은 아닌지 착각이 들 정도였다. 그로부터 3년 후인 1982년에 반스도 조용히 죽음을 맞았다. 반스와 구겐하임은 생을 함께 뒤돌아보며 편지를 썼다. 그녀들은 우여곡절 끝에 60년 지기와의 우정을 편지로 되찾았다.

주나 반스

우정을 받을 자격

시몬 드 보부아르,

시몬 베유,

비올레트 르뒤크

시몬 베유는 천재 소리를 들으며 자랐다. 10대에 플라톤, 칸트, 데카르트, 스피노자, 루소, 헤겔의 저작들을 섭렵했다. 그 어렵다는 고대 그리스어와 산스크리트어도 빨리 익혔지만, 자기 자신이 천재인지 아닌지에 대해서는 관심이 없었다. 천재라는 호칭은 오빠가 일찍이 독점했기 때문이었다. 세 살 연상인 오빠 앙드레 베유는 유년기부터 파스칼로 불릴 만큼 수학에 천부적인 재능을 나타냈다. 시몬 베유는 「영적 자서전」이라는 제목의 글에서 자신의 타고난 능력이 오빠에 비해 너무나 초라하다는 사실을 견디지 못해 열네 살무렵에 심각하게 죽음을 고민했다고 털어놓았다. 혹독한 사춘기를 보내면서 베유는 천재적인 능력과 눈에 띄는 성공이

글 쓰는 여자들의 특별한 친구

삶의 전부가 아님을 깨닫게 되었다.

타고난 능력이 거의 없는 인간이라도 진리를 간절히 바라고 진리에 다다르고자 부단히 주의를 집중한다면 천재에게만 허락된 진리의 왕국에 들어갈 수 있다는 그 확신은 줄곧 변치 않았습니다. 설령 재능이 없어 겉으로 보기에는 전혀 천재 같지 않은 사람도 그러한 방법으로 결국은 천재가 되는 것입니다.[1]

베유는 오빠와의 경쟁을 다른 방식으로 전환하면서 공부에 집중할 수 있었다. 집에서는 평범한 딸이었지만, 학교에서 베유는 비범한 학생으로 주목받았다. 베유가 책을 읽으면서 작성한 독서 노트는 논문으로 발표해도 손색이 없을 정도였다. 알랭이라는 필명으로 『행복론』을 쓴 에밀 샤르티에는 앙리 4세 고등학교와 고등사범학교에서 베유를 가르치며 교사로서의 보람을 찾았다. 파리의 명문이었던 뒤리 고등학교와 앙리 4세 고등학교에서 책 좀 읽는다는 동창생들은 누구 할 것 없이 베유에게 먼저 다가갔다. 간결하면서도 심오한 베유의 이야기에 친구들은 귀를 기울일 수밖에 없었다. 노동 문제에 특별한 관심을 가졌던 베유는 시위 현장에도 자주 참여했지만, 특정 정치인이나 정당을 지지하지는 않았다. 학부모들은 베유를 싫어했다. 똑똑하지만 불온한 베유와 절대 친구가 되어서는 안 된다고 자녀들에게 다그쳤다.

1908년에 태어난 시몬 드 보부아르는 베유보다 한 살 많았고 학교도 달랐다. 파리의 동년배들 사이에서 베유는 유명 인사에 가까웠고 보부아르에게도 베유의 명성이 전해졌다. 자의식이 유달리 강했던 보부아르는 베유가 어떤 사람인지 궁금했다. 대학에 가면 적어도 한 번은 베유를 만나게 될 것 같았다. 보부아르의 예측은 틀리지 않았다. 베유는 고등사범학교 입학시험을 준비하며 가끔 소르본 대학에 들렀다. 수도사처럼 옷을 입고 책을 들고 다니는 베유를 쳐다보는 학생들이 많았다. 보부아르는 베유에게 다가가 자기소개부터 했다. 베유의 형형한 눈빛은 신비스럽기까지 했다.

베유는 중국에서 대기근으로 어린이들이 죽어 가고 있다는 기사를 읽고 울었을 만큼 타인의 고통에 예민했으며 정의감이 강했다. 보부아르는 베유의 "탄식하는 마음"에 큰 감동을 받았다. 도덕적 열등감에 사로잡힐 정도였다. 다른 사람을 위해 헌신하고 싶은 마음과 오로지 자기 자신만을 위해 살고 싶은 마음 사이에서 끊임없이 갈등했던 보부아르는 베유에게 일종의 위엄마저 느꼈다.

베유는 책 속에 길이 있다고 믿지 않았다. 세계를 근본적으로 변화시켜야 한다고 보부아르를 설득했다. 혁명이 일어나야 굶주린 사람들이 모두 밥을 먹을 수 있게 될 것이라고 목청을 높였다. 보부아르는 고개를 가로저었다. 베유의 생각에 동의할 수 없었다. 굶주리는 사람들이 밥을 먹게 된다고 해서 인간 사회의 모순이 해결될 수는 없다고 생각했기 때문이었다. 보부아르는 혁명이 일어나 사람들에게 최소한의 생존 조건이 갖추어진다 할지라도 각자의 실존에 스스로 의미를 부여하지 못한다면 진정한 행복을 얻을 수 없다는 논리를 펼쳤다. 베유의 표정이 싸늘하게 변했다. 보부아르에게 짧은 독설을 퍼붓고 베유는 뒤도 돌아보지 않은 채 자리를 떠났다. "보아하니 굶어 본 적이 없었군요."[2]

보부아르는 자기를 부르주아 지식인으로 바라보는 베유가 야속했다. 그렇다고 해서 자신의 주장을 철회할 생각은 없었다. 보부아르에게는 혁명보다 자기 삶의 이유를 찾는 일이 언제나 더욱 시급하고 중요했다. 공부를 제대로 못 한 날이면 일기장에 스스로를 책망하는 글을 남겼을 정도로 자기 관리에 철저했던 보부아르는 항상 자기 자신을 완성하기 위해서 최선을 다했다.

보부아르는 베유와의 만남을 오랫동안 기억했다. 프로방스 지역에서 노동자들의 처참한 노동 환경을 목격했을 때, 보부아르는 눈물을 흘리며 베유의 말을 떠올렸다. 베유가 옳았다. 계급 문제를 외면하고 제대로 된 글을 쓸 수는 없었다.

시몬 베유

시몬 드 보부아르(1969년)

보부아르는 부르주아의 위선을 고발하고 거리의 철학자로 불릴 정도로 현실 참여적인 지식인의 길을 걸었다. 기회가 있을 때마다 여성의 경제적 독립이 여성 해방의 전제 조건임을 강조했다. 가끔 상상해 본다. 보부아르의 변화를 베유가 목격했다면 두 여성 철학자는 좀 더 가까워질 수 있었을까? 보부아르와 베유의 인연은 소르본 대학 교정 밖으로 이어지지 못했다. 보부아르와 베유는 서로 다른 길을 걸었다.

1934년에 베유는 자발적으로 교사직을 떠난 후, 노동 운동에 적극 뛰어들었다. 그로부터 2년 후인 1936년에 스페인 내전이 일어나자 베유는 또다시 바르셀로나 전선으로 향했다. 1940년에 프랑스가 나치 독일의 침공을 받자 마르세유로 피신해 비시 정권을 비판하는 글을 썼던 베유는 1942년에 미국으로 망명을 떠났다가 다시 영국 런던으로 가서 드골이 이끄는 자유 프랑스에 합류해 레지스탕스 활동을 준비했다. 1943년에 폐결핵 진단을 받은 베유는 그해 8월 과로와 영양실조로 산화하듯 세상을 떠났다. 1943년은 보부아르에게도 다사다난했던 시간이었다. 보부아르는 학교에서 해고당한 후 큰 충격에 빠졌지만, 소설 집필에 몰두해 『초대받은 여자』를 발표하고 작가로 재기했다.

보부아르의 삶에 베유가 얼마만큼의 영향을 미쳤는지는 알 수 없지만, 보부아르의 회고 속에서 베유는 보부아르를 긴장하게 만드는 경쟁자로 이야기되고 있었다. 비록 베유와 우호적인 친분을 쌓는 데에는 실패했지만, 소르본 대학의 교정에서 베유를 만났던 짧은 순간에 보부아르는 강렬한 우정을 경험했다. 철학도로서 두 사람의 관점은 서로 달랐지만, 보부아르는 베유의 학문적 깊이와 진정성에 상당한 자극을 받았다. 물론 베유에게 보부아르가 우정의 대상이었는지는 확신할 수 없다. 하지만 베유가 남긴 우정에 관한 글을 찾아보니 베유의 쌀쌀맞은 태도에는 그 나름대로의 논리와 일관성이 있었다.

> "우정을, 정확히는 우정에 대한 몽상을 물리치는 법을 배울 것. 우정을 욕망하는 것은 커다란 과오이다. 우정은 예술 혹은 삶이 주는 기쁨처럼 무상(無償)의 기쁨이어야 한다. 우정을 거절할 때 비로소 우정을 받을 자격이 주어진다. (……) 우정에 대한 꿈은 전부 깨져야 한다."[3]

베유는 따뜻하고 친절한 말로 우정을 포장해서는 안 된다고 생각했다. 베유에게 우정은 관념이나 이론이 아니었다. 우정은 철저하게 "행하는 것"이었다. 우정은 하늘에서 떨어지는 것이 아니라는 말이었다. 베유는 보부아르에게 직언을 하는 것으로 우정을 실천했다. T. S. 엘리엇은 베유를 까다롭고 격렬하며 복잡한 천재이자 숭고한 영혼을 지닌 성자로 소개한 바 있는데, 보부아르 또한 베유의 지성과 영혼의 깊이에 긴장감을 느꼈을 것으로 짐작된다.[4] 다행스럽게도 보부아르는 베유에게 느낀 열등감과 경쟁심을 자기 발전의 동력으로 삼았다.

보부아르에게 우정의 조건은 라이벌 의식이었다고 해도 과언이 아니다. 보부아르가 어린 시절 만나 자매 이상으로 가깝게 지냈던 엘리자베트 라쿠앵과의 우정도 선의의 경쟁에서 시작되었다. 아홉 살이 된 보부아르는 학교에서 놀라운 친구를 만났다. 피아노를 잘 치고 자신처럼 장 라신의 희곡 작품을 좋아하며 글씨도 멋지게 쓰는 라쿠앵에게 호감을 가졌다. 보부아르는 라쿠앵을 '자자'라는 애칭으로 부르며 특별한 마음을 드러냈고, 이내 단짝이 되었다. 학교를 마치면 서로의 집을 방문해 함께 시간을 보냈다.

보부아르는 자신과 비슷한 듯 다른 환경에서 성장한 자자에게 호기심과 매력을 느꼈다. 자자는 예민하면서도 대범했으며 매사에 의사 표현이 분명하고 명석했다. 더욱이 자자의 어머니는 자애로웠다. 보부아르는 친구의 어머니와 자기 어머니를 비교해 보기도 했다. 보부아르는 자자와 겨루듯 함께 공부했다. 대체로 보부아르가 공부에서 앞섰지만 음악을 비롯한 예체능 과목에서는 자자가 두각을 드러냈다.

대학 진학 후에도 자자와 보부아르의 우정은 계속되었다. 보부아르의 친구들과 자자의 친구들이 함께 만날 때도 많았다. 보부아르는 메를로퐁티를 자자에게 소개했다. 자자와 메를로퐁티는 비밀리에 약혼식을 올렸다. 두 사람의 앞날을 축복했던 보부아르와 달리 자자의 집안에서는 메를로퐁티와의 결혼을 극렬하게 반대했다. 메를로퐁티를 사랑했던 자자는 크게 낙심했다. 점차 건강이 나빠졌다. 1929년에 자자는 스물한 살의 나이로 세상을 떠났다. 자매와도 다름없었던 친구를 잃고 나서 보부아르는 아무것도 하지 않은 신을 원망하기 시작했다. 독실한 가톨릭 집안에서 자란 보부아르는 급기야 신을 부정하게 되었다.

자자를 잃은 1929년에 보부아르는 철학 교수 자격시험장에서 장폴 사르트르를 만났다. 시험에 나란히 합격한 보부아르와 사르트르는 카페에 앉아 각자 글을 쓰기 시작했다. 사르트르는 보부아르에게 파격적이고 실험적인 제안을 했다. 생활 공간을 분리하고 경제적으로 철저하게 독립하되 서로의 생활을 투명하게 공개하고 공유하자는 내용이었다. 보부아르는 기꺼이 사르트르와의 계약에 합의했다.

보부아르와 사르트르는 파리의 카페와 호텔을 옮겨 다니며 책을 읽고 글을 썼다. 보부아르와 사르트르는 서로의 첫 번째 독자이자 비평가가 되어 약 51년을 함께했다. 어떤 강렬한 사랑도 그들의 우정을 무너뜨릴 수는 없었다. 1948년 7월 19일, 보부아르는 연인 넬슨 올그렌에게 사르트르와의 우정을 다음과 같이 고백했다.

> 저는 그의 단 한 명의 진정한 친구이자 그를 진정으로 이해하고 도우며, 그와 함께 일하고, 그에게 평화와 균형을 가져다주는 유일한 사람이지요. 거의 20년 전부터 그는 나를 위해 할 수 있는 모든 것을 해 주었고 제가 살고, 제 자신을 발견하는 것을 도와주었으며, 그는 저를 위해 많은 것을 버렸어요. 4, 5년 전부터 저는, 그가 저를 위해 했던 것과 같은 태도를 그에게 해 줄 수 있고, 저를 그렇게 도와주었던 그를 도울 수 있게 되었지요. 저는 그를 결코 버릴 수 없을 거예요.[5]

보부아르는 올그렌에게 사르트르와의 관계를 신의로 설명하면서 사르트르를 "단 한 명의 진정한 친구"로 지목했다.

보부아르의 말처럼, 함께 일하며 평화와 균형을 가져다주는 유일한 관계는 보부아르와 사르트르의 글쓰기에서 시작되었다. 보부아르가 지켜본 사르트르는 글쓰기에 모든 것을 건 사람이었다. 자전적 소설 『말』에서 고백했듯이, 아버지의 부재로 어머니와 함께 외갓집에서 생활한 사르트르는

글 쓰는 여자들의 특별한 친구

외할아버지의 서재에서 독학으로 글을 깨쳤고 홀로 책을 읽으며 성장했다. 열여덟 살 무렵부터 "삶을 재발견하는 작가"이자 "삶과 중개자 역할을 하는 작가를 재발견하는 철학자"[6]가 되고 싶었던 보부아르는 자신과 마찬가지로 철학을 전공하고 글쓰기로 스스로를 완성해 가는 사르트르와 대결하듯 마주 앉아 반세기 동안 함께 읽고 썼다. 보부아르가 사르트르에게만 라이벌 의식을 가졌던 것은 아니었다.

보부아르는 무서운 신인 작가를 반겼다. 보부아르의 글을 읽고 작가 지망생이 된 여성 독자들이 많았다. 비올레트 르뒤크도 그중 한 사람이었다. 1943년에 출간된 보부아르의 『초대받은 여자』를 읽고 벅찬 감정을 주체할 수 없었던 르뒤크는 무작정 보부아르를 찾아갔지만 부끄러운 마음에 문 앞에 꽃만 두고 돌아왔다.

르뒤크는 1907년생으로 보부아르보다 나이는 한 살 많았지만, 사생아로 태어나 학교를 제대로 마치지 못했다. 결혼 생활도 참담했다. 암시장에서 겨우 돈을 벌며 외롭게 지냈다. 친구도 동료도 없었다. 노트에 몇 문장씩 자기 생각을 적으며 유일하게 위안을 얻을 수 있었다. 작가가 되고 싶은 마음에 출판사에 취직해 일을 배웠고, 밤에는 글을 썼다.

밤새 쓴 원고를 불에 태우고 다시 글쓰기를 반복하던 르뒤크는 1945년에 보부아르에게 자신이 쓴 글을 한 번만 읽

장폴 사르트르와 보부아르(1967년)

비올레트 르뒤크

어 달라고 애원했다. 계속 글을 써도 될지 언젠가는 작가로 성공할 수 있을지 보부아르의 냉정한 평가를 듣고 싶었다. 혹평을 받으면 미련 없이 작가의 길을 단념하기로 작정했다. 르뒤크는 곡진하고 절박한 심정으로 쓴 편지에 원고를 동봉했다. 보부아르는 르뒤크의 소설『질식』을 읽은 후 그녀에게 당장 만나자고 청했다.

보부아르는 르뒤크의 문학적 재능을 극찬하며 장 주네의 책을 선물했다. 그녀에게 문학이 엘리트 지식인들의 전유물이 아님을 알려 주고 싶었던 보부아르는 절대 기죽지 말라고 훈계하는 대신 장 주네의 삶이 담긴 작품을 건넨 것이었다. 장 주네는 절도범으로 형무소를 전전하다 시와 소설을 쓰기 시작했다. 르뒤크는 보부아르에게 책 선물을 받고 난 후 독서의 매력에 빠져들었다.

보부아르는 르뒤크를 도울 방법을 구체적으로 궁리했다. 알베르 카뮈에게 그녀의 글을 적극 추천했다. 갈리마르 출판사에서 그녀의 첫 작품이 출간될 수 있도록 도왔다. 르뒤크는 태어나서 처음으로 타인으로부터 존중받고 인정받으며 큰 자신감을 얻었다. 자기가 쓴 글이 책으로 출간되자, 그녀는 보부아르처럼 작가로 크게 성공하고 싶다는 야망을 가지게 되었다.

하지만 신인 작가의 첫 작품에 대중의 반응은 싸늘했

다. 르뒤크는 자기를 몰라보는 세상에 분노했다. 자기 출신을 저주했다. 신세 한탄을 늘어놓는 그녀에게 보부아르는 동문서답으로 일관했다. 작가로 이름을 얻기까지는 많은 시간이 필요하다고 충고했다. 계속 쓰는 수밖에 다른 방법이 없다는 말을 반복했다. 르뒤크는 보부아르에게 위로를 기대했지만, 보부아르는 바쁘다는 이유를 들어 그녀의 이야기를 끝까지 듣지 않았다.

겉으로는 냉정하게 대했지만, 보부아르는 르뒤크가 글쓰기를 포기하지 않기를 원했다. 궁핍한 상황에서 그녀가 계속 글을 쓰기 어렵다는 사실을 잘 알고 있었기에 보부아르는 나름대로 묘책을 세웠다. 르뒤크에게 출판사에 인세를 미리 지급하도록 부탁해 둘 테니 얼른 다음 작품에 착수하라고 재촉하고, 출판사에 돈부터 보냈다. 보부아르는 담당 편집자에게 연락해 자신의 후원 사실을 비밀로 해 달라고 당부한 다음 다시 르뒤크를 독려했다. 출판사에서 인세를 받은 줄로만 알았던 르뒤크는 글을 쓸 수밖에 없었다.

1964년에 출간된 르뒤크의 회고록에 보부아르는 서문을 썼다. 자기 자신을 비천하다고 여겼던 르뒤크의 이야기는 보부아르의 격려 속에서 책으로 출간되었다. 그녀의 자전적 이야기는 독자들에게 큰 사랑을 받았다. 이듬해인 1965년에 발표한 소설 또한 성공을 거두었다.

르뒤크만이 쓸 수 있는 글이 있다고 믿었기에 보부아르는 그녀를 묵묵히 응원하면서도 정작 만나면 엄격하고 냉정한 말만 했다. 우정을 거절할 때 비로소 우정을 받을 자격이 생긴다는 시몬 베유의 통찰은 보부아르의 삶에서도 확인된다. 르뒤크는 보부아르의 문학 세계를 정복하겠다는 투지로 작가 생활을 이어 나갔다. 르뒤크와 보부아르의 이야기는 2013년에 영화로도 만들어졌다. 르뒤크의 성공을 은은한 미소로 축하하는 장면에서 보부아르의 따뜻한 품위가 느껴졌다.

보부아르는 1972년에 출간한 자서전[7]에서 1962년부터 10년 동안의 삶을 회고하며 사랑과 우정의 의미를 강조했다. 노년에 가까워질수록 보부아르의 우정은 더욱 확장되었다. 보부아르는 68혁명 이후 여성 운동 단체들과 더욱 긴밀하게 연대했고, 1970년대에는 젊은 페미니스트들과 함께 낙태죄 폐지에 적극적으로 뛰어들었다. 보부아르는 젊은 페미니스트들과의 낭만적인 우정을 꿈꾸거나 추구하지 않았다. 오히려 그들에게 쓴소리를 하며 우정을 거절하는 방식으로 우정을 실천했다.

"나는 여성을 있는 그대로 그리고 싶었어요! 나는 긍정적인 여주인공들을 좋아하지 않아요. 내가 쓰고 있는 것에다가 페미니스트의 밑그림을 덧씌우고 싶지 않아요. 내게 보내오는 작품들을 꼼꼼하게 읽어 보면서, 나는 그들 작품의 가장 큰 약점은 그들이 채택하는 교육적인, 교육적인 어조에 있다는 사실을 종종 주목하게 돼요."[8]

세대 간의 갈등을 피하지 않았던 보부아르는 끝까지 할 말을 하면서 젊은 페미니스트들과 팽팽한 긴장 관계를 형성했다. 각자 원칙을 지키며 오래 싸우다 보니 결국 서로를 이해하는 친구가 될 수밖에 없었다.

1986년에 보부아르가 사망하자 함께 활동했던 페미니스트들은 비탄에 빠졌다. 1970년부터 보부아르와 함께 활동했던 클로딘 몽테유는 1986년 4월 20일 자《르 몽드》에 실릴 보부아르의 부고 기사를 밤새 울면서 썼다. 클로딘 몽테유는 보부아르를 추모하며 마침내 다음과 같은 결론에 이르게 되었다. "시몬 드 보부아르는 여성은 하나의 의무를 가지고 있음을 우리에게 가르쳐 주었다. 그것은 산다는 것이었다."[9] 시몬 드 보부아르는 우정에 대한 기대를 용기 있게 깨뜨리며 우정을 받을 자격을 얻었다.

친구 같은 자매, 자매 같은 친구

시몬 드 보부아르와
엘렌 드 보부아르

엘렌 드 보부아르는 언니 시몬 드 보부아르보다 2년 늦게 세상에 태어난 것이 억울했다. 언니가 학교에서 1등을 하면 어머니는 세상을 다 얻은 듯 기뻐했지만, 둘째 딸이 시험을 잘 보면 당연한 듯 고개를 끄덕였다. 어머니는 엘렌을 붙들고 시몬 칭찬을 자주 했다. 참다 못한 엘렌은 어머니에게 한마디 했다. "저도 1등을 했어요." 어머니는 사과하기는커녕 둘째 딸의 마지막 자존심까지 짓밟았다. "너야 뭐 힘들게 공부하지도 않았잖니. 너는 언니가 있어서 얼마나 좋니."" 둘째 딸에게 너는 언니에게 배워 가며 시험 준비를 수월하게 했을 거라고 어머니가 무덤덤하게 말하자, 엘렌은 더 이상 어머니에게 대꾸하고 싶지 않았다.

어머니는 장녀 시몬을 지적이고 완벽한 딸로 여기며 자신과 동일시했다. 보부아르는 자전적 소설 『아주 편안한 죽음』에서 어머니를 측은한 시선으로 동정하며 어머니의 모순을 함께 고발했다. 어머니는 언제나 시몬을 경이로운 눈으로 쳐다보았다. 훌륭한 딸을 둔 자신에게 감탄했다. 반면, 둘째 딸 엘렌을 볼 때마다 어머니는 동생 릴리를 떠올렸다.

할아버지는 아름답고 우아한 릴리 이모만 좋아했고 어머니에게는 한없이 엄격했다는 이야기를 시몬은 자주 들었다. 할아버지는 수많은 규범과 금기로 어머니를 억압했다. 할아버지에게 원한에 가까운 서운함을 가진 어머니가 뒤늦게 둘째 딸을 상대로 복수를 하고 있었다고 시몬은 받아들였다. 아버지도 어머니와 크게 다르지 않았다. 아버지는 시몬이 장차 큰 인물이 될 거라고 호언장담하며 기뻐하면서 둘째 딸에게는 예쁘다는 말밖에 하지 않았다.

집안에서 차별받으며 서럽게 자랐지만, 역설적이게도 엘렌은 자신에게 가장 든든한 친구인 언니 시몬과 함께 어려움을 헤쳐 나갔다. 어린 시절부터 책을 많이 읽고 똑똑했던 시몬은 늘 냉철했지만, 동생에게만은 다정다감한 언니였다. 어머니 아버지가 동생을 차별할 때마다 시몬은 부모 앞에서 조목조목 따져 물었다. 엘렌은 언니와 달리 유순했다. 갈등을 외면하거나 회피하는 성격이었다. 시몬은 동생의 일이라고 해서 대충 넘어가는 법이 없었다. 어머니 아버지에게 할 말은 반드시 해야 직성이 풀렸다.

어머니는 큰딸이 책을 너무 많이 읽어서 부모에게 고분고분하지 않은 것일 수도 있다고 생각하고, 한동안 시몬에게 가톨릭 서적 이외에는 책을 읽지 못하도록 강요한 적도 있었다. 시몬은 미동도 하지 않았다. 누구도 시몬의 고집을 꺾을 수는 없었다. 엘렌도 그런 언니를 미워할 수 없었다. 언니만 자랑스러워하고 언니에게만 관심을 가지는 어머니 아버지는 야속했지만, 언니가 있어서 덜 외로웠다.

엘렌은 둘째로 태어나 서러워했던 것을 제외하고는 비교적 평탄한 유년 시절을 보냈다. 집안은 유복했고, 어머니 아버지는 딸들을 위해 책을 아낌없이 사 주었다. "열 살 때까지는 부모님을 사랑했다."[2]라는 말로 시몬은 열 살 이후 두 자매에게 닥친 역경을 표현했다. 장난감 대신 책 속에 파묻혀 자란 자매는 부르주아 가정의 평화가 얼마나 위태로운 것인지를 1차 세계 대전을 계기로 알게 되었다.

보부아르 자매의 아버지는 주식에 대부분의 재산을 투자하고 일확천금을 노렸다. 그러나 전쟁의 여파로 아버지가 보유한 주식은 휴지 조각이 되고 말았다. 딸들과 함께 책을 읽고 토론을 하며 시를 낭송했던 아버지는 수중에 돈이 떨어지자 돌변했다. 변호사 자격증이 있었기 때문에 얼마든지 재기할 수 있었지만, 아버지는 성실하게 일을 해서 생활비를 벌어야 하는 상황을 짜증스러워했다. 보부아르 자매는 어머니가 아버지에게 무시당하고 폭언과 폭력에 시달리는 것을 보면서 아버지를 증오할 수밖에 없었다. 절대 어머니처럼 살지 않겠노라고 다짐했다. 불운과 불행이 집안을 덮치자 자매끼리 더욱 똘똘 뭉쳤다.

아버지는 설상가상으로 술과 도박에 빠져들며 심장 질환까지 앓기 시작했다. 아버지는 몇 푼이라도 생기면 밖으로 나가 다 써 버렸고, 드러내 놓고 외도를 해서 어머니 가슴에 못을 박았다. 어머니의 얼굴은 나날이 어두워졌다. 어머니는 딸들의 공부와 성공에 더욱 집착하며 딸들에게 헌신했다. 보부아르 자매는 어머니를 안타까워하면서도 어머니의 희생이 부담스러웠다.

자매에게는 피신처가 필요했다. 시몬과 엘렌은 읽었던 책을 반복해서 읽으며 시간을 보냈다. 어려운 과학 문제와 수학 문제를 붙들고 다 풀 때까지 자리에서 일어나지 않는 시몬의 습관도 그 무렵부터 생겼다. 시몬은 독서광으로 불릴 만큼 늘 손에 책을 들고 있었지만, 쉽게 읽히는 책에 별다른 매력을 느끼지 못했다. 어른들이 읽는 책을 읽지 못할 이유가 없다고 생각했다.

루이자 메이 올컷의 『작은 아씨들』을 읽고 감동을 받았다. 더 어려운 책에 도전하고 싶었다. 시몬은 열 살이 넘었으니 조지 엘리엇의 『플로스강의 물방앗간』을 읽을 때가 되었다고 생각했다. 열두 살 무렵에 『플로스강의 물방앗간』을 독파한 시몬은 주인공인 매기 털리버처럼 모성애에 희생당하지 않기로 결심했다.

그래서 시몬은 엘렌을 앉혀 놓고 어떤 경우에도 사랑에 매달리지 말 것을 당부했다. 착한 여자가 되어야 한다는 강박 관념이야말로 여성의 적이며, 포용력이라는 단어도 희생과 헌신을 그럴듯하게 포장한 말일 뿐이라고 설명했다. 엘렌은 고개를 끄덕였다. 보부아르 자매는 돈을 직접 벌고 다양한 사람들을 만나고 전 세계를 다니며 자유롭게 살기로 약속했다.

시몬은 철학과 문학으로, 엘렌은 미술로 진로를 정했다. 어머니 아버지는 딸들의 결정이 못마땅했다. 그러나 딸들은 이미 글쓰기와 그림에 매혹되어 있었다. 엘렌은 유화 작업이 좋았다. 시몬은 글로 인생에 승부를 보고자 했다. 여성에 대해 글을 쓰기로 결심한 시몬은 콜레트보다 더 훌륭하고 유명한 작가가 되고 싶었다. 문학과 철학을 넘나드는 저술 활동을 계획했다.

자매는 다른 듯 비슷한 세계로 함께 걸어 들어가고 있었다. 언니의 습작을 읽은 동생은 작품에 어울릴 만한 삽화

어머니와 함께 있는 어린 시몬과 엘렌 드 보부아르 자매

엘렌 드 보부아르

를 이어 그렸다. 하지만 언니만큼의 열정과 재능이 과연 자신에게 있는지 엘렌은 늘 자문했다. 그렇다고 붓을 던질 수도 없는 노릇이었다. 반면 시몬은 평생 책을 읽고 글을 쓰기 위해 안정적인 직업부터 가져야겠다고 결심하고 철학 교수 자격시험을 준비했다. 하루빨리 집에서 독립해서 자유롭게 생활하고 싶었다. 시몬은 1929년에 철학 교수 자격시험에 합격했다. 돈을 벌자 동생의 작업을 후원했다. 엘렌의 작업실 세를 내주고 캔버스와 물감 사는 비용도 틈틈이 건넸다.

시몬은 말이 잘 통하는 사르트르와 계약 결혼을 했다. 엘렌은 어릴 때부터 비범했던 언니다운 선택이라고 생각했다. 곧 새로운 인연이 시작되었다. 엘렌은 사르트르의 제자이자 외교관인 리오넬 드 룰레와 사랑에 빠졌다. 엘렌은 1936년에 첫 전시회를 성공적으로 열었다. 시몬은 처음으로 동생에게 뒤처져 있다는 느낌을 받았다. 비록 동생보다 먼저 직업을 가졌지만, 동생이 전시회를 열 때까지 단 한 권의 책도 출간하지 못하고 있었기 때문이다.

전시회에 온 피카소는 엘렌의 작품을 둘러보며 연달아 감탄했다. 시몬은 조급한 마음을 드러내지 않은 채 동생의 첫 전시회 성공을 축하했고, 엘렌은 언니가 하루빨리 작가가 되기를 기원하며 축배를 들었다. 그러나 이듬해인 1937년에 시몬은 갈리마르 출판사로부터 소설 출간을 거절당했다. 아직 시몬의 시대가 오지 않았던 것뿐이었지만, 기다리는 심정은 초조했다. 엘렌은 언니를 격려하는 마음으로 시몬의 초상화를 그렸다.

자매는 여전히 서로를 격려하고 응원했지만, 시몬과 사르트르는 엘렌과 리오넬이 무난하고 안락한 삶을 지향하는 모습을 보이자 가차 없이 비판했다. 엘렌은 자신들이 마치 부역자라도 되는 듯 몰아붙이는 시몬과 사르트르가 야속했다. 게다가 사르트르와 리오넬은 서로 다른 정치적 견해를 가지고 있어서 만날 때마다 언성을 높였다. 시몬과 엘렌의 사이도 차츰 서먹해졌다. 게다가 1940년에 프랑스가 독일에 함락되면서 포르투갈에 머물던 엘렌은 프랑스로 돌아가지 못했고, 자매는 장시간 헤어진 채로 지내야 했다.

1941년에 자매의 아버지가 세상을 떠났다. 시몬은 아버지의 죽음 앞에서 담담했다. 눈물을 흘리지 않았다. 어머니도 아버지의 장례를 치른 후 씩씩하게 생활했다. 외국어를 배우고 새로운 친구들을 사귀고 여행을 다녔다. 어머니의 생활비를 본격적으로 지원하면서 시몬은 근검절약할 수밖에 없었다. 좋아하는 커피도 줄였다. 돈을 벌기 위해서라도 성공한 작가가 되어야만 했다.

1943년에 소설 『초대받은 여자』를 출간하면서 시몬은 반드시 작가로 이름을 날리겠다는 오랜 꿈을 달성했다. 엘렌은 언니의 첫 작품을 리스본의 프랑스 서점에서 발견하고 바로 구매한 후 집으로 돌아와 정독했다. 책을 읽고 나니 파리가 그리웠다. 언니가 너무 보고 싶었다.

리오넬은 엘렌의 마음을 충분히 이해했다. 포르투갈에서 시몬의 강연 일정을 추진해 성사시켰다. 엘렌과 리오넬이 마련한 강연 초청을 받은 시몬은 1945년에 포르투갈을 방문했다. 자매는 반갑게 재회했다. 시몬은 동생이 평범한 결혼 생활을 하며 그림을 다소 멀리하고 있는 것 같아 속이 상했다.

시몬은 1949년에 『제2의 성』을 발표하며 세계적인 작가가 된다. 『제2의 성』은 출간된 지 일주일 만에 프랑스에서 2만 부 넘게 팔렸고, 미국에서도 번역되어 영어권 독자들로부터 찬사를 받았다. 『제2의 성』은 해외에서 100만 부 이상의 판매 기록을 세웠을 뿐만 아니라, 페미니즘의 고전으로 이내 자리 잡았다. 엘렌은 언니의 성공을 기뻐했다. 하지만 자신이 시몬의 동생으로만 불리는 것은 불편했다.

시몬은 승승장구했다. 1954년에 『레 망다랭』으로 시몬은 프랑스 최고의 권위를 자랑하는 공쿠르상의 수상자로 선정되었다. 『레 망다랭』에서 2차 세계 대전 직후 프랑스 레지스탕스 운동에 참여했던 지식인들의 고뇌와 좌절을 그리며 혼란스럽고 부조리한 전후(戰後) 사회를 비판한 시몬은 더 이상 사르트르의 동반자로만 인식되지 않았다. 시몬의 어머니는 딸이 공쿠르상을 받자 뛸 듯이 기뻐했다. 엘렌도 언니가 더없이 자랑스러웠다.

이탈리아에서 외교관의 아내로 생활하며 틈틈이 그림을 그렸던 엘렌은 이제 언니가 자신과는 다른 세계에서 살고 있는 것처럼 느껴졌다. 남편인 리오넬이 유럽의회로부터 입직 제안을 받을 만큼 외교관으로서 성과를 낼 동안 엘렌은 그림에 몰두했다. 파리에 돌아와 다시 전시회를 열었다. 그림이 몇 점 팔리자 엘렌은 환호했다.

보부아르 자매는 1963년에 어머니가 암에 걸렸다는 소식을 듣고 망연자실했다. 치료가 불가능한 상황이었다. 엘렌과 시몬은 병원에 누워 있는 어머니와 많은 대화를 나누었다. "어머니는 어머니와 친구의 역할을 동시에 할 수 없어요."[3]라고 말했던 시몬은 뒤늦게 어머니를 사랑하는 자신을 발견했다. 그 과정에서 자매는 더욱 돈독해졌다.

어머니는 1963년을 넘기지 못하고 세상을 떠났다. 엘렌은 언니에게 어머니에 대해 글을 써 달라고 간곡하게 부탁했다. 시몬은 동생의 부탁을 거절하지 않았다. 1964년에 시몬은 『아주 편안한 죽음』을 출간하며 엘렌에게 책을 헌정했다. 어머니의 죽음까지 작품에 활용한다는 비난을 받으면서도 시몬은 자전적인 글쓰기의 사회적 의미를 더욱 강력하게 긍정했다.

　시몬은 정치에 더욱 적극적으로 뛰어들었다. 1968년 5월 프랑스에서 학생들과 노동자들이 대규모 시위를 벌이며 파업을 선언하자 보부아르와 사르트르는 대학생들을 지지하는 성명을 발표했다. 보부아르는 사회 변혁 운동의 열기가 여성 해방 운동으로 이어지길 원했다. 프랑스에서는 1967년에 피임만 합법화되었을 뿐 낙태는 불법 행위로 간주되었다. 1971년에 보부아르 자매를 비롯해 343인의 여성들이 "나도 낙태를 했다."라고 공개적으로 선언했다. 보수 언론과 우파 정치인들은 선언에 참가한 여성들에게 인신공격을 퍼부었다. 프랑스 사회의 백래시도 심했다.

　1972년에는 성폭행으로 임신한 16세의 여학생이 임신 중지를 한 죄로 기소되어 형사 사건 재판이 열리기도 했다. 보부아르와 사르트르는 1973년 낙태 합법화 시위대에 참여해 경찰에 연행되기도 했지만, 소신을 굽히지 않았다. 뜻을 함께하는 이들이 늘어나고 있었다. 여성 운동 단체는 배수진을 친 심정으로 낙태 합법화를 추진했다. 보건부 장관이었던 시몬 베유도 의회를 설득했다. 1975년 1월 프랑스에서 여성의 임신 중단권을 보장하는 베유법이 가결되었다.

　시몬은 말과 글의 힘으로 세상을 바꿀 수 있다는 확신을 가지고 여성, 노년, 죽음 등의 주제로 글쓰기를 멈추지 않았다. 엘렌도 판화 작업으로 작품 세계를 확장시키며 페미니스트 화가로 활발하게 움직였다. 언니보다 늦게 여성 운동에 뛰어들었지만, 엘렌은 이제 작업실에서 그림만 그리지 않았다. 보부아르 자매는 시위 현장에서 함께 구호를 외치며 행진했다. 언니와 동생은 그 어느 때보다도 서로를 아끼며 동고동락했다.

사르트르가 1980년에 세상을 떠나자 시몬은 사르트르의 부재를 받아들이기 어려워했다. 엘렌은 언니 옆을 지키며 언니가 하루빨리 작가로 복귀하기를 기원했다. 1985년부터 시몬의 건강도 나빠졌다. 1986년 초에는 거동이 크게 불편해졌다. 그럼에도 동생의 작품 활동만은 변함없이 격려했다. 엘렌은 시몬에게 경비를 지원받아 미국에서 전시회를 가졌다.

1986년 4월, 시몬은 눈을 감았다. 엘렌은 언니의 사망 소식을 듣고 하늘이 무너지는 것만 같았다. 부축을 받아 언니의 장례식에 참석한 동생은 언니의 관 앞에서 주저앉고 말았다. 엘렌은 언니의 죽음을 애도하며 회고록 집필에 착수해 1987년에 출간했다. 동생은 그림이 아닌 글로 언니를 추모했다.

언니를 잃은 엘렌은 언니를 생각하며 매일 작업실에 나가 그림을 그렸다. 어머니가 세상을 떠났을 때도 슬펐지만, 그때는 언니가 곁에 있었다. 이제는 오로지 혼자서 언니의 죽음을 감당해야 했다. 엘렌은 언니가 이제 세상에 없다는 것을 알면서도 자꾸만 언니에게 전화를 걸고 싶었다. 혹시 언니한테서 전화가 걸려 오지는 않을까 하는 생각에 사로잡혀 자주 전화기를 쳐다보곤 했다. 아무리 기다려도 언니는 돌아오지 않았다.

슬프고 외로웠다. 그림을 그리는 동안에만 안정을 찾았다. 엘렌은 손이 떨려 그림을 그리지 못하게 되었고, 그 이후로 건강은 급격히 쇠락했다. 새로운 세기가 시작되었다. 엘렌은 2001년에 세상과 작별했다. 작가로 화가로 성공해서 세상에 이름을 남기고, 글과 그림으로 세상을 변화시키고자 했던 보부아르 자매의 꿈은 실현되었다. 보부아르 자매는 평생 동안 사랑, 경쟁, 갈등, 대립, 화해, 연대의 여정을 함께했다.

자매는 가장 가깝고 오래된 친구인지도 모른다. 여성의 우정을 한 단어로만 표현해야 한다면 아마도 자매애가 채택될 것만 같다. 보부아르보다 약 한 세대 정도 앞선 1887년에 프랑스에서 태어나 지휘자이자 교육자로 활동한 나디아 불랑제도 여섯 살 연하의 동생 릴리 불랑제와의 자매애를 평생의 자산으로 삼았다.

천재 작곡가였던 릴리 불랑제는 1918년에 25세의 나이로 세상을 떠났지만, 언니는 동생이 자신과 언제나 함께하고 있다고 믿으며 음악가의 길을 걸었다. 나디아 불랑제는 86세부터 91세까지 5년 동안 구술 회고록 작업을 진행했다. 그녀는 대담에서 "동생은 제 인생에서 가장 좋은 것, 가장 친밀한 것, 가장 깊은 것을 구현하는 존재"[4]라고 밝혔다. 자신이 언니지만 오히려 동생의 보호 속에서 성장했으며, 여전히 동생의 도움 속에서 음악가로 살아가고 있다고 이야기한 나디아 불랑제는 대담을 마친 이듬해인 1979년에 92세의 나이로 세상을 떠났다.

지원군이자 경쟁자인 자매들은 결정적인 순간에 서로의 곁을 지키며 돕는다. 친구 같은 자매, 자매 같은 친구들이 우정의 주인공들이다. 이들이 역사의 주인공이 되지 못할 이유는 없다.

2부

우정을 쓰는 여자들

제일 콜드웰, 이승민 옮김, 『먼 길로 돌아갈까?』(문학동네, 2021), 6쪽

이야기라는 세계의 영원한 현재 안에
우정의 시간들을 되살릴 수 있었던 것이
나로서는 이 책을 쓰면서 얻은 한 가지 선물이었다.
나는 날마다 벅찬 기쁨을 느끼며 계단을 올라
서재에 들어섰고, 그 안에서 기억에 몸을 묻으면
기억의 언어가 스스로 글이 되어 나를 휘감았다.
캐럴라인이 내 머리와 가슴속에 목소리로 존재했고,
나는 바라건대 우리 두 사람보다 더 오래오래
살아남을 무언가에 숨을 불어넣고 있었다.

이 여자들을 보라!

메리 울스턴크래프트와
우정의 천재들

한나 아렌트의 장례식에 참석한 철학자 한스 요나스는 고인(故人)을 우정의 천재로 기억했다. 아렌트에게는 분명 '친구를 얻는 천재성'이 있었다.[1] 우정의 본질이 대화에 있다고 생각했던 아렌트는 친밀감을 강조하는 우정보다 "정치적 요구를 제기하며 세계와 관계를 유지"하는 우정에 더욱 관심이 많았다.[2] 실제로 망명지 뉴욕에서 무국적자로 살아야 했던 아렌트는 우정의 공동체를 꾸준히 확장시키는 방식으로 반유대주의와 제국주의에 저항했다.

전체주의와 나치즘의 폭력성을 낱낱이 고발하고 속속들이 비판한 이 위대한 여성 철학자의 생애와 지적 편력을 따라가다 보면, 우정은 지극히 정치적인 사상이라는 결론에

도달하게 된다. 또한 우정이 남성들에게만 허용되었던 유구한 역사에 자연스럽게 의문을 품게 된다.

메릴린 옐롬과 테리사 도너번 브라운의 분석에 따르면, "기원전 600년부터 서기 1600년까지 서구 역사의 첫 2000년이 넘는 세월 동안 우정에 관한 거의 모든 기록은 오직 남자들만의 이야기였다".[3] 플라톤과 아리스토텔레스가 『뤼시스』와 『니코마코스 윤리학』에서 논의한 우정 또한 덕을 갖춘 남성들을 위한 것이었다.

호메로스의 『오뒷세이아』와 프랑수아 드 페늘롱의 『텔레마코스의 모험』에 등장하는 멘토르도 남성이다. 오뒷세우스는 트로이 전쟁에 나가며 자신의 아들 텔레마코스를 친구 멘토르에게 부탁했고, 멘토르는 기꺼이 텔레마코스의 스승이자 친구가 되었다.

『오뒷세이아』의 멘토르가 성숙하고 덕망 높은 남성을 상징하는 데 반해, 『텔레마코스의 모험』에서 멘토르는 다른 존재로 등장한다. 전쟁에서 돌아오지 않는 아버지를 찾아 모험을 떠나는 텔레마코스를 돕기 위해 지혜의 여신 미네르바가 멘토르로 변신해 텔레마코스와 함께했다는 프랑수아 드 페늘롱의 설정은 흥미롭다. 자연스럽게 스승과 친구의 자리를 왜 그토록 오랫동안 남성들이 차지했는지에 대해 의구심이 든다.

이제 여성을 우정의 주인공으로 복원하고자 한다. 아렌트의 표현처럼 "정치적 요구를 제기"하며 세계와 관계를 주도적으로 결정한 여성들의 삶을 주목하는 한편 여성의 우정을 재현한 작품들을 이야기하고 싶다. 먼저 18세기 영국으로 이동해 본다.

메리 울스턴크래프트는 1786년에 『여성 교육론』을 집필했다. 원론적인 제목과는 달리 여성들을 위한 평범하고 무난한 조언으로 구성된 책이었다. 훗날, 울스턴크래프트는 쓴웃음을 지으며 자신의 저작 목록에서 그 책을 삭제하고 싶은 마음을 에둘러 표현했다. 당시 그녀는 집필에 매달릴 만한 상황이 아니었기에 자신이 만족스러울 만큼의 논의를 펼치지 못했다.

1784년, 울스턴크래프트는 여성 교육에 헌신하겠다는 원대한 계획을 품고 친구 패니 블러드, 동생 일라이자와 함께 빚을 얻어 학교를 설립했다. 바로 학생 20여 명을 모았다. 출발은 좋았지만, 젊은 여성들이 운영하는 학교에 딸들을 보내기 꺼리는 학부모들이 늘어나면서 재정 적자는 점차 불어났다. 엎친 데 덮친 격으로 동료이자 가장 가까운 친구 블러드가 1785년 출산 직후 사망한다. 블러드의 죽음을 지켜보며 울스턴크래프트는 가슴에 구멍이 뚫린 것만 같았다. 사면초가였다. 블러드를 대신할 존재는 세상에 없었다.

글 쓰는 여자들의 특별한 친구

울스턴크래프트는 친구가 죽은 지 10년이 지난 후에도 피 맺힌 심정으로 친구를 그리워했다. "무덤이 내 소중한 친구, 젊은 시절의 친구를 덮어 버렸다. 하지만 그녀는 여전히 나와 함께 있다. 황야 위를 헤매고 다닐 때면 부드럽게 떨리는 그녀의 음성이 내 귓전에 와 닿는다."[4] 절망적인 유년 시절을 보낸 울스턴크래프트에게 블러드는 가족 이상의 의미였다.

아버지의 방탕한 생활과 난폭함, 오빠가 장남으로서 누린 특혜에 치를 떨며 자란 울스턴크래프트는 열여섯 되던 해인 1775년에 사려 깊고 지적인 블러드를 만나 새로운 삶을 시작할 수 있었다. 두 사람은 서로 말이 잘 통했고, 이내 단짝 친구가 되었다. 블러드의 가족들도 울스턴크래프트를 환대했다.

두 사람은 자주 블러드의 집에서 책을 읽고 토론하는 시간을 가졌다. 울스턴크래프트는 독서로 세상을 새롭게 인식하게 되었다. 자신에게 용기와 희망을 선물한 블러드에게 영원한 우정을 맹세했다. 그런 친구가 세상을 떠나자 울스턴크래프트는 삶의 한 축이 무너진 것 같았다. 블러드를 따라가고 싶다는 생각에 시달리기도 했다. 역설적이게도 빚더미위에 앉은 탓에 울스턴크래프트는 죽을 수조차 없었다.

블러드와 함께 세운 학교는 감당하지 못할 정도로 부채

가 불어나고 있었다. 블러드가 죽은 다음 해인 1786년 결국 폐교를 결정한다. 이런 와중에 울스턴크래프트는 돈을 벌기 위해 선인세 10기니를 받고 『여성 교육론』을 썼다. 빚더미에 눌려 한 푼이라도 벌어 보자는 심정으로 착수한 일이었다. 잘 팔릴 만한 주제가 무엇인지 촉각을 곤두세웠다. 답은 간 단했다. 중산층 여성은 어떻게 살아야 하는가? 중산층 여성 이 갖추어야 할 윤리적 덕목에 관한 담론이 유행하던 때였다.

울스턴크래프트는 시류에 어긋나지 않는 방향으로 책 을 기획했다.[5] 돈 때문에 시작한 일었기 때문에 그 책에 별다 른 애착은 없었지만, 집필 과정에서 점차 글쓰기에 몰입하고 있는 자기 자신을 발견하게 되었다. 여성이 저자가 되고 전 업 작가가 되는 미래를 상상하며 전율을 느꼈다. 특히나 작 가의 메시지가 사회에 미치게 될 영향력, 즉 공적인 파급력 에 대단히 큰 매력을 느꼈다. 울스턴크래프트는 작가가 되어 세상을 향해 이야기하리라 다짐한다.

우선 생활비부터 벌어야 했다. 작가 수업을 병행하면서 돈을 벌 수 있는 길이 없을지 골똘하게 생각했다. 그녀는 학 교를 운영하기 전, 부유한 집안에 가정 교사로 들어가 생계 를 유지했었다. 경력을 살리기로 한다. 아일랜드의 자작 집 에 일자리를 얻었다. 하지만 결혼을 앞둔 자작의 딸들에게 문학 수업을 했다는 이유로 울스턴크래프트는 1787년에 해

메리 울스턴크래프트(존 오피 그림, 1797년)

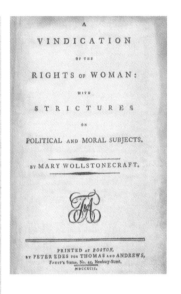

왼쪽: 울스턴크래프트가 어린 여성들을 위해 쓴
『실생활 속의 새로운 이야기들』(1788)의
권두 삽화로 실린 윌리엄 블레이크의 동판화
오른쪽: 『여권의 옹호』 미국판 속표지

고를 당한다.[6]

　자작은 딸들이 소설 작품을 탐독하고 시를 암송하는 여성으로 살아가는 것을 왜 그토록 싫어했을까? 아니 두려워했을까? 결혼 생활에 도움이 되는 실용적인 지식 이외에 여성에게 필요한 공부는 없다고 생각했던 것일까? 혹은 문학 수업이 딸들의 결혼 생활을 위태롭게 만들 것이라고 믿었던 것일까? 책 읽는 여자가 자신의 운명을 결정하는 주체성을 가지게 된다는 사실을 감지했던 것은 아닐까? 그러나 울스턴크래프트는 해고 사유를 구체적으로 물어보지도 못한 채 짐을 싸서 자작 집에서 나와야 했다.

　그녀는 런던으로 향했다. 연고도 없는 런던에서 울스턴크래프트는 문학으로 승부를 보기로 결심했다. 자신의 경험을 바탕으로 소설을 쓰기로 했다. 소설 제목도 자신의 이름인『메리』로 정했다. 1788년에 출간된『메리』의 서문에 명시된 것처럼, 울스턴크래프트는 당대의 주류 남성 지식인들에게 도전장을 던졌다. 서문의 첫 문장은 선언문에 가까웠다. "이 픽션의 여주인공을 그려 내는 데 있어서, 필자는 일반적으로 묘사되어 온 기존의 여주인공과는 다른 인물을 만들고자 한다."[7] 또한『메리』의 주인공은 새뮤얼 리처드슨의『클러리사』의 주인공 같은 여인이나 루소의『에밀』의 주인공인 소피 같은 여인이 아님을 강조했다. 울스턴크래프트는 "생

각할 줄 아는 여성이 지닌 사고력"[8]이 드러나는 작품의 저자
가 되기를 원했다.

　『메리』는 아버지의 강권으로 열일곱 살에 결혼한 메리
가 해외에 체류 중인 남편과 떨어져 살며 헨리라는 음악가와
사랑에 빠지지만 헨리가 병으로 죽는다는 이야기다. 그러나
이 소설에서 정작 울스턴크래프트가 전달하고자 했던 주제
는 주인공 메리와 친구 앤의 우정이다. 메리는 앤의 병간호
를 위해 포르투갈로 향했고, 그곳에서 헨리를 만난다. "메리
는 계속해서 앤의 회복에 대해 생각하고 있었고, 희망을 키
우고 있었다." 메리와 앤은 함께 책을 읽고 자선 활동에 참여
하며 우정을 키워 나간 둘도 없는 친구다.

　『메리』에서 두 여성의 우정은 사랑이나 결혼보다 더욱
가치 있게 재현된다. 앤을 잃고 방황하던 메리는 다음과 같
이 말한다. "내 영혼은 여전히 앞으로 나아가고, 어둠이 드리
우는 짙은 그늘 속에서 앞으로도 살 것이다. 그 어둠을 꿰뚫
어 보고 쉴 곳을 찾아 지식에 대한 갈증을 풀고 뜨거운 대상
을 구하고자 노력한다."[9] 소설 속 주인공은 바로 울스턴크래
프트이기도 했다.

　『메리』를 발표한 후, 울스턴크래프트는 창작 못지않
게 비평 작업에도 애착을 가지게 되었다. 《애널리티컬 리뷰
(Analytical Review)》에 열정적으로 서평을 실었다. 진부한 작품

글 쓰는　여자들의　특별한 친구

에는 예외 없이 혹평을 쏟아부었다. 300편이 넘는 울스턴크래프트의 서평은 화제를 모았다. 글 쓰는 일을 직업으로 정착시키겠다고 선언했던 그녀는 글의 형식에 얽매이지 않게 되었다. 소설의 경계를 뛰어넘을 준비를 마쳤다.

1790년, 프랑스 혁명의 급진성에 반대하며 영국의 헌정 체제 수호를 주장한 에드먼드 버크의 『프랑스 혁명에 관한 성찰』이 출간되었다. 프랑스 혁명에 대해서라면 울스턴크래프트도 할 말이 많았다. 1789년에 프랑스에서 혁명이 일어났다는 소식을 듣고 울스턴크래프트는 혼자서 배를 타고 파리로 향했다. 세계가 바뀌는 현장을 목격하고 싶었기 때문이었다. 울스턴크래프트는 혁명의 걸림돌은 변화를 두려워하는 마음이라고 믿었다.

버지니아 울프는 "프랑스 혁명은 울스턴크래프트가 가장 열렬히 믿고 있던 이론과 신념들이 현실화된 사건이었고, 그녀는 이 놀라운 사건이 준 흥분 속에서 두 권의 유창하고 대담한 책을 써냈다. 『버크 씨의 책에 대한 반론』(『인권의 옹호』를 말한다.)과 『여권의 옹호』가 그것이다."[10]라고 비평한 바 있다. 울프의 분석은 옳았다. 울스턴크래프트는 버크의 보수적인 관점에 동의할 수 없었다. 『인권의 옹호』로 맞섰다. 마흔다섯 개의 항목으로 귀족 계급 유지를 옹호한 버크의 주장을 조목조목 반박했다.

한 걸음 더 나아가 그녀는 신분상의 특권 없이 동등한 조건에서 경쟁하는 사회를 제안했으며, 귀족 혈통과 덕성은 아무런 연관성이 없다고 주장했다. 하지만 『인권의 옹호』 초판은 익명으로 출간되었다. 우려와 기대 속에서 초조하게 결과를 지켜봐야 했다. 책은 3주 만에 매진되었다. 재판을 내면서 울스턴크래프트는 자신의 이름을 드러내 저자의 위치를 되찾았다.

자신보다 앞서 버크를 비판했던 여성 논객 캐서린 매콜리에게 울스턴크래프트는 『인권의 옹호』를 보내며 정중하게 편지를 썼다. "표제란에 당신이 전혀 모르는 이름이 적힌 『인권의 옹호』를 이렇게 감히 보내게 되었으니, 당신을 방해하지나 않을까 사과드려야 할 필요가 있겠군요. 하지만 사과 대신에 진실을 말씀드리는 것은 어떨지요? 당신은 우리 여성들이 이 세상에서 달성하려고 노력해야만 하는 지위에 대해 저와 의견이 일치하는 유일한 여성 작가입니다."[11] 역사학자인 매콜리는 기쁜 마음으로 다음과 같이 회신한다. "저는 당신의 그 활기찬 발언에 대중이 관심을 갖게 되어 기뻤고, 두 번째 기념에서 제게 해 주신 그 과분한 찬사에 기뻤으며, 그 정념과 소감에 제가 무척이나 탄복했던 이 작품을 여성이 썼고, 그럼으로써 성의 권력과 능력에 대한 제 의견이 당신의 글에서 그렇게 일찍 입증되었다는 사실이 더없이 기쁩니다. 저는 당신과의 귀중한 서신 왕래가 무척이나 기쁘답니다."[12]

울스턴크래프트는 매콜리의 편지에서 우정과 연대 의식을 느낄 수 있었다. 남녀 공학을 주장한 매콜리의『교육학 입문』은 울스턴크래프트에게 큰 힘이 되었다. 스물여덟 살 연상의 "걸출한 능력을 지닌" 선배와 편지로 서로의 책 이야기를 하며 우정을 나누는 경험은 가슴 벅찼다. 매콜리와 울스턴크래프트는 서로 만날 날을 기다렸지만, 인연이 닿지 않았다. 매콜리가 갑작스럽게 사망하자 울스턴크래프트는 상심했다. 마음을 추슬러야 했다. 자신을 격려했던 선배이자 친구를 기억하며『여권의 옹호』집필에 더욱 박차를 가했다. "가장 신성한 인간관계는 우정이다."[13] 이는 자신의 경험에서 나온 말이기도 했다.

울스턴크래프트는 먼저 1789년 프랑스 혁명 후 의회에 제출된 탈레랑의 교육 법안을 공격했다. 1792년에『여권의 옹호』를 출간한 그녀는 공화국의 모든 소년에게만 국민 교육을 시행한다는 탈레랑의 법안을 신랄하게 비판한다. 인간은 동등한 교육 기회를 가져야 하고, 여성의 역할이 사회적 경제 활동과 정치 참여로 확대되어야 하며, 법적으로 남녀의 평등이 보장되어야 한다는 자신의 주장을 펼쳤다. 블러드와 학교를 설립해서 운영하던 시절부터 가졌던 울스턴크래프트의 신념이었다.

『여권의 옹호』를 출간한 이후로 울스턴크래프트의 명성과 인지도는 높아졌다. 독일어 번역본이 출간될 정도로 『여권의 옹호』는 반향을 일으켰다. 하지만 독서 시장은 보수적이었다.『여권의 옹호』를 루소의 저작과 함께 언급할 정도로 울스턴크래프트에게 찬사를 보내는 여성 독자들이 있었지만, 판매 부수는 인쇄 후 5년 동안 약 1500부에서 3000부에 그쳤을 따름이었다.[14] 그럼에도 불구하고 울스턴크래프트는 『여권의 옹호』를 발판으로 사회적 목소리를 더욱 적극적으로 내기 시작했다. 그녀는 1792년 12월에 파리로 떠나 프랑스 혁명의 현장을 목격하고 영국과 프랑스의 지식인들과 더욱 폭넓게 교류하며, 사회적 변혁과 안전망 확충의 관계를 깊이 있게 고민했다.

지식인으로서 울스턴크래프트의 시각은 한층 깊어지고 있었지만, 예상하지 못했던 사건이 그녀 앞에 펼쳐졌다. 1793년, 탐험가이자 작가인 길버트 임레이를 만나 사랑에 빠진 것이다. 1794년 5월에 울스턴크래프트는 첫딸 패니를 낳았다. 결혼을 하지 않고 아이를 낳은 울스턴크래프트는 단박에 스캔들의 주인공이 되었다. 임레이는 사업을 핑계로 울스턴크래프트를 점차 멀리하기 시작했고, 두 사람은 이별의 수순을 밟아 나갔다. 결별 이후 울스턴크래프트는 두 차례 자

캐서린 매콜리(로버트 에지 파인 그림, 1785년)

Madam

Now I venture to send you ...
with a name utterly unknown to you in the title
page, it is necessary to apologise for thus intruding
on you — but instead of an apology shall I tell you
the truth? you are the only female writer who I
coincide in opinion with respecting the rank our
sex ought to endeavour to attain in the world.
I respect Mrs Macaulay Graham because she
contends for laurels whilst most of her sex only
seek for flowers.
        I am Madam,
            yours Respectfully
                Mary Wollstonecraft

Thursday morning

울스턴크래프트가 매콜리에게 쓴 편지

살을 기도했을 정도로 휘청거렸다.

그러나 울스턴크래프트는 다시 일어섰다. 1795년 6월에 북유럽으로 여행을 떠나 새출발을 모색했다. 그녀는 언제나처럼 글을 썼다. 스웨덴, 노르웨이, 덴마크에 머무르며 편지글 형식으로 쓴 여행기를 1796년에 출간했다. 여행과 글쓰기로 울스턴크래프트는 자신감을 회복할 수 있었다. 그녀가쓴 여행기의 한 대목이다. "우리 자신을 알기까지는 얼마나오랜 시간이 걸릴까요. 그러나 대부분의 사람은 자신이 인정하는 이상으로 이 사실을 잘 압니다. 제 마음의 역사에서 이런 고독의 새로운 장을 넘겼다는 사실을 기뻐해야 할지 어쩔지는 아직 결정을 못 내리겠습니다. 그러나 인간을 알면 알수록 여러분의 판단에는 존경심이, 여러분의 인격에는 감탄이 커지기만 한다는 것은 자신 있게 말할 수 있습니다."[15]

일상을 서서히 회복하면서 울스턴크래프트는 소설 집필에 착수했다. 그녀는 여성들의 우정을 본격적으로 이야기하고 싶었다. 계급과 교육 정도는 각자 다르더라도 여성으로서 겪게 되는 차별과 억압 앞에서 여성은 서로를 이해하게 될 것이라고 믿었다. 울스턴크래프트는 여성이라면 공감할 수밖에 없는 고통을 주제로 소설을 쓰기로 결심한다. 쉽지 않은 여정이었다. 12개월에 걸쳐『마리아: 여성의 고난』을 집필했다. 울스턴크래프트가 1797년 윌리엄 고드윈과 결혼 생활 중에 쓴 이 작품은 영영 미완성으로 남게 된다. 같은 해 9월 그녀가 둘째 딸 메리를 낳고 며칠 되지 않아 산욕열로 사망하였기 때문이다. 이 아이는 훗날 소설 『프랑켄슈타인』의 작가 메리 셸리로 이름을 남겼다.

『마리아: 여성의 고난』 역시 메리 울스턴크래프트의 체험이 반영된 자전적 소설이다. 마리아와 제미마 두 여성 주인공의 우정과 연대를 모색한 이 작품은 정신 병원과 감옥을 배경으로 이야기가 전개된다. "세상은 어차피 넓은 감옥이요, 여인들은 태어날 때부터 노예가 아니던가?" 이 소설이 집필된 1797년에 영국과 프랑스는 전쟁 중이었고, 영국에서 '프랑스적 가치'와 관련된 내용은 검열을 당했다. 권위도 원칙도 없는 보수주의가 기승을 부리고 차별과 혐오를 부추기는 목소리가 점차 커졌다.

울스턴크래프트는 정신 병원을 소설의 배경으로 설정하고 취재를 위해 1797년 2월 런던의 베들렘 정신 병원을 방문한다. 그곳에서 환자를 직접 진단하지 않고도 의사나 약제사가 서명한 증명서 한 장으로 병동에 감금할 수 있다는 것을 알게 된 울스턴크래프트는 경악한다. 영국 사회의 실상을 알게 된 이상 가만히 있을 수 없었다. 지금까지 발표한 글들보다 훨씬 더 비판적인 주장들을 펼쳐 보기로 결심한다.

『마리아』에서 남편의 계략으로 딸과 재산을 모두 빼앗

울스턴크래프트의 둘째 딸 메리 셸리(리처드 로스웰 그림, 1840년)

1798년 번역 출간된 『마리아: 여성의 고난』 프랑스어판 속표지

기고 정신 병원에 감금당한 마리아는 간수 제미마의 도움으로 그곳을 탈출해서 사랑하는 남성과 함께 지내지만, 남편에게 간통죄로 고소당한다. 남편의 폭력과 갈취, 외도를 폭로하며 이혼을 호소하는 마리아에게 재판부는 조금도 관심을 기울이지 않는다. 울스턴크래프트는 여성의 이혼 청구권을 인정하지 않는 법률 제도를 먼저 고발했다. 여성의 재산권이 보장되어야 여권이 신장될 수 있다고 주장했다. 동시에 정신 질환을 앓고 있는 사람들을 분리 조치하며 사회를 보호한다는 명분으로 설립된 정신 병원에서 벌어지고 있던 폭력과 범죄를 작품의 중심에 배치했다. 사회 제도가 인권을 보호하지 못할 때, 사회적 약자들은 어떻게 살아가야 할 것인가? 울스턴크래프트는 그 문제를 심각하게 고민하고 있었다.

제미마는 마리아에게 출생 당시부터 사각지대에 놓여 있었던 자신이 겪은 처참한 사건들을 털어놓았다. 제미마의 냉소적인 태도와 자기중심적인 가치관은 살아남기 위해 몸부림치며 생긴 상처였다. 제미마는 세상을 향해 따졌다. "무엇이 저를 고통받는 인류를 위한 투사로 만들겠어요? 누가 저를 위해 무엇이든 희생했다고요? 누가 저를 동등한 인간으로 인정해 주었다고요?" 마리아는 제미마의 심정을 이해했다. "마리아는 제미마의 손을 잡았고, 잔인한 언행보다는 상냥한 말에 더욱 압도되는 제미마는 자신의 감정을 감추려고 급히 방을 나갔다."[16] 마리아와 제미마의 우정은 대화에서 시작되었다. 여성이라는 사회적 신분은 계급과 성장 환경의 차이를 부차적인 것으로 만들었다.

울스턴크래프트는 사회적 불평등과 모순을 자각한 여성들의 우정과 연대를 완강하고 배타적인 주류 보수 사회에 대항할 수 있는 정치적 가능성으로 평가했다. 작품은 미완성으로 그쳤지만, 마리아가 남편에게 빼앗겼던 딸과 재회하고 제미마와 함께 세 여성이 공동체를 이루는 마지막 장면은 울스턴크래프트가 모색한 대안적 가족이자 미래 세대 여성과의 우정을 암시한다.

울스턴크래프트뿐만 아니라 제인 오스틴 또한 여성들의 우정을 작품에서 구체화했다. 여성이 자신의 잠재적 가능성을 친구를 통해 발견하며 상호 보완적인 동반 성장을 도모하는 내용의 소설들을 발표했다. 특히『노생거 사원』,『설득』,『레이디 수전』등의 작품에서 오스틴은 여성들의 우정을 주체성 확립과 사회적 관계 맺기로 해석했다.[17]

1750년대 런던에서 문학 좌담회로 시작된 여성 지식인 모임인 블루스타킹 서클도 괄목할 만한 움직임을 펼쳤다. 식물학자였던 벤저민 스틸링플리트는 엘리자베스 몬터규의 모임에 검은색 스타킹 대신 파란 스타킹을 신고 참석했는데, 이를 계기로 글쓰기로 사회적인 실천에 앞장섰던 지적인 여

성들은 영국 사회에서 블루스타킹이라고 불렸다.[18]

블루스타킹 서클은 당대 남성 지식인들의 조롱과 경멸에 아랑곳하지 않고 여성의 교육권을 주장하며 사회적 활동의 폭을 넓히고 있었다. 귀족과 상류층 출신의 여성들이 블루스타킹 서클의 주축을 이루었지만, 그들은 계층과 상관없이 재능 있는 여성들을 발굴하고 후원하는 일에도 앞장섰다. 계몽주의와 자유주의를 주장하면서도 결혼 폐지에는 일정 정도 거리를 두면서 유보적인 입장을 취한 점도 특징이었다.[19] 블루스타킹 회원들은 살롱 문화를 향유하며 모임의 규모를 키워 나갔고, 때로는 전략적으로 블루스타킹 서클을 활용하며 사회적 입지를 확장해 갔다.[20]

이처럼 여성들의 우정과 연대의 방식은 마치 천일 야화처럼 제각각 달랐지만 꾸준히 이어졌다. 시간과 공간을 넘나들고 현실과 텍스트를 가로지른 "우정의 천재들"은 지금 이 순간에도 더 많은 여성들을 세상 밖으로 불러내고 있다. 여성의 우정은 현재 진행형이다.

친구의 삶을 친구의 언어로 쓰다

마거릿 미드와
루스 베네딕트

마거릿 미드는 대학 입학이 정상(頂上)으로 도약하는 길이라고 믿었다. "내가 꿈꾸었던 대학이란 사람들이 서로의 존재를 알아보고, 지적인 자극으로 가슴이 쿵쾅거리고, 중요한 문제를 두고 밤새워 가며 토론하고, 평생을 함께할 친구를 사귀고, 무엇보다 우리가 우리 생에서 무엇을 할 수 있는가를 발견할 수 있는 장소였다."[1]

1919년, 청운의 꿈을 안고 인디애나주 드포 대학에 입학한 미드는 번지수가 틀렸음을 바로 알아차리고 크게 한탄했다. 드포 대학의 여학생들은 졸업 후 중상류층 가정의 전업주부가 될 준비를 착실하게 하고 있었고, 남학생들은 전도유망한 사업가를 꿈꾸며 사교 클럽과 미식축구에 열중하고 있었다. 펜실베이니아 출신의 미드는 드포 대학에서 촌스러운 옷을 입고 이상한 억양을 구사하며 주로 기숙사에 틀어박혀 시집을 읽는 괴짜 학생으로 놀림받기 일쑤였다. 미드는 드포 대학의 사교 클럽에 일절 관심이 없었다. 전업주부가 될 생각은 단 한순간도 해 본 적이 없었다. 그녀는 드포 대학에서 외톨이로 생활하면서 책 읽기에 몰두했고, 점차 새로운 세계에 관심을 가지게 된다. 하루빨리 인디애나를 떠나고 싶었다. 마음은 이미 뉴욕에 가 있었다.

미드는 1920년 가을 바너드 대학에 편입했다. 드포 대학과는 달리 바너드 대학에는 급진적인 사상과 세련된 문화가 공존하고 있었다. 바너드 대학이 마치 자신을 위해 만들어진 것처럼 느껴졌다. 한껏 들뜬 미드는 어머니에게 편지를 보낸다. "바너드 대학이 너무, 너무, 너무, 너무 마음에 들어요."[2] 바너드 대학에서 미드는 지적인 충격을 받았다. 매일 한 뼘씩 정신의 키가 쑥쑥 자라는 것처럼 느꼈다. 그녀는 기뻤다. 벗이라고 부를 만한 친구들을 만날 수 있었다. 미드는 학교 신문에 부지런히 기고했고, 토론회에도 적극적으로 참여했다. 열정적이고 외향적인 성격과 뛰어난 언술로 바너드 대학 학생들 사이에서 상당히 인기가 높았다.[3] 하지만 탄탄대로가 펼쳐질 것만 같았던 미드의 앞날에 큰 시련이 닥쳐왔다.

1923년 2월에 마리 블룸필드가 자살했다. 미드는 막역했던 친구의 죽음을 막지 못했다는 죄책감에 시달렸다. 미드는 당시의 충격이 자신의 삶에 미친 여파를 다음과 같이 이야기하기도 했다. "그때부터 나는 평생 동안 자살할 듯한 눈치가 보이는 사람에게는 극도의 신경과민을 일으켰다."[4] 《뉴욕 타임스》를 비롯한 언론에서 명문대 여학생의 자살에 관심을 보이자, 바너드 대학 당국은 크게 당황했다. 사건을 은폐하는 것으로도 부족해 학생 개인의 건강 문제로 몰아가려고 했다.[5] 미드는 모멸감을 느꼈다. 대학 당국에서는 재학생이었던 고인(故人)에 대해 최소한의 예의도 보이지 않았다. 무도하고 비겁한 기성세대에 미드는 크게 분노했다.

오직 단 한 사람, 루스 베네딕트만은 달랐다. 그녀는 고결한 인품과 온전한 정신의 소유자라 할지라도 때로는 스스로 생을 마감하는 길로 들어서게 된다는 사실을 인지하고 있었다.[6] 베네딕트는 친구를 잃은 미드에게 염려와 위로를 담은 따뜻한 안부를 전하며, 마리 블룸필드의 죽음을 함께 슬퍼했다. 미드는 또 다른 벗을 찾은 것 같아 내심 안도했지만, 선뜻 그녀에게 다가설 수는 없었다. 베네딕트는 미드보다 열다섯 살이 많았다. 학교에서 만난 탓에 더욱 나이 차이가 크게 느껴졌다. 매사에 두려울 것이 없었던 미드도 "나는 항상 열다섯 살의 나이 차이를 의식하지 않을 수 없었다."라고 고

글 쓰는 여자들의 특별한 친구

백했을 정도였다.[7]

　사실 미드가 그 숫자에 위압감을 느낀 것은 아니었다. 미드는 베네딕트의 방대한 독서량에 압도될 때마다 조바심이 났다. 배서 대학에서 영문학을 전공한 베네딕트는 폭넓은 인문학적 소양을 지니고 있었다. 틈틈이 시를 쓰고, 철학책을 탐독했다. 미드는 베네딕트의 독서 목록을 따라잡고 싶었다. 그럴 때마다 미드는 베네딕트가 대학원생임을 떠올리며 여유를 찾았다. "그녀는 나보다 열다섯 살 연상이지만 인류학에 입문한 것은 나보다 3년 정도 앞설 뿐이다."[8]라고 되뇌었지만 조급한 마음은 쉽게 사라지지 않았다.

　두 사람의 우정을 이어 준 것은 인류학이었다. 미드와 베네딕트는 1922년 바너드 대학에서 처음 만났다. 미드는 학부생 시절, 철학과 심리학 및 사회학에 관심이 많았다. 4학년이 되던 해, 미드는 프란츠 보아스의 인류학 입문 과정을 수강했다. 컬럼비아 대학 교수였던 보아스는 바너드 대학에서도 인류학을 강의했다. 당시 베네딕트는 보아스의 조교로 수강생들과 박물관 답사를 가거나 보충 강의를 맡고 있었다. 서른네 살이 되던 해인 1921년에 컬럼비아 대학 대학원에 입학한 베네딕트는 연령 제한에 걸려 연구비를 받을 수 없었기 때문에 조교 업무와 편집 아르바이트 등의 업무를 병행하며 "힘겹게" 공부 중이었다.[9] 미드는 조교 베네딕트의 냉철함과 사려 깊음에 매료되었다.

미드의 진로 결정에 베네딕트는 큰 역할을 했다. 컬럼비아 대학의 사회학 교수 윌리엄 오그번이 미드에게 대학원 진학을 적극적으로 권유하고 있었고, 미드도 사회학과 심리학으로 거의 마음이 기울어져 있었다. 미드는 베네딕트에게 자신의 계획을 이야기했다. 베네딕트는 정직한 협상가였다. "보아스 교수와 나는 마거릿 학생을 위해 뭘 해 줄 수는 없습니다. 다만, 공부할 기회를 만들어 드릴 수는 있습니다."[10] 명민하고 야심만만한 미드가 동료가 되기를 원했다. "인류학 분야와 나는 당신을 기다리고 있습니다."[11] 베네딕트는 바너드 대학의 어떤 학생에게도 그런 뜻을 비친 적이 없었다.

그녀는 신중한 사람이었다. 내가 누군가의 인생에 개입해도 되는 것일까? 베네딕트의 윤리적 기준은 높았다. 미드의 앞날을 가로막을 생각은 추호도 없었다. 그녀는 미드와 함께 인류학을 개척할 자신이 있었다. 미드가 인류학을 전공한다면, 철저하게 남성 중심적인 인류학의 전통에 두 여성 학자가 새로운 역사를 쓰게 될 것이라고 확신했다. 미드도 인류학으로 마음을 돌렸지만, 갑자기 친구를 잃고 휘청거렸다. 베네딕트는 한 번 더 미드를 붙들었다. 미드는 베네딕트의 말을 경청했다. "마리 블룸필드가 자살하고 한 달이 지난 1923년 3월 루스는 마거릿에게 컬럼비아 대학 인류학과 박사 과정에 진학하라고 권했다."

　미드는 자서전에서 베네딕트가 전해 준 "인류학 연구의 필요성과 긴박성"에 공명되어 '직업으로서의 인류학'을 선택하게 되었다고 밝힌 바 있다.[12] 미드와 베네딕트는 상대방의 글을 '모조리' 읽는 방식으로 서로를 응원하고 격려하며 동시에 치열하게 경쟁했다.

　하지만 미드와 베네딕트가 속해 있는 인류학계의 남성 중심적인 구조는 하루아침에 바뀌지 않았다. 당시 컬럼비아 대학 인류학과 내부의 경쟁 구도는 치열했다. 보아스의 제자가 되고 싶어 하는 학생들이 매 학기 문전성시를 이루었다. 보아스는 지원자들의 실력을 철저하게 검증했다. 성별로 당락을 결정짓지 않았다. 대학이 우수한 여학생들의 입학을 막는 것은 반(反)지성주의일 뿐만 아니라 사회적 손실이라고 주장했다. 그는 바너드 대학에서 강의하면서 뛰어난 여학생들을 격려하고 그들에게 학문을 적극적으로 권장했다. 하지만 1921년에 미국의 인류학 박사 학위 소지자 56명 가운데 여성은 두 명밖에 되지 않았을 정도로 학계는 남성 중심적이었다.[13] "보아스는 여자 대학원생을 많이 받았다는 점에서 예외적인 교수였다."[14]라는 평가를 받을 정도로 당시 미국의 인류학계는 여성 연구자에게 배타적이었다.

　보아스의 제자들은 저마다 자신이 지도 교수의 후임자

라고 생각하며 경합을 펼쳤다. 대학원생들은 강의 자리 하나에도 예민하게 반응할 수밖에 없었다. 베네딕트는 바너드 대학에 개설된 인류학 과목을 단지 기혼자라는 이유로 동료인 글래디스 리처드에게 양보해야 했다.[15] 보아스는 여학생들의 대학원 진학과 연구를 적극 지원했지만, 취업 기회가 생기면 남성 제자들을 우선적으로 챙겼다. 그다음 차례는 미혼 여성 제자였다. 기혼 여성 베네딕트에게는 좀처럼 '자리'가 생기지 않았다. 보아스는 베네딕트에게 《미국 민속학 저널》의 편집을 맡겼지만, 그 업무는 봉사와 희생을 요구할 따름이었다. "초창기에 그녀는 명목적인 지위만을 갖고 있었다."[16]

그녀는 여름 학기 수업이나 추가로 개설된 수업에 투입되었다. 1923년부터 컬럼비아 대학에서 1년 정도 강사 생활을 했고, 1926년부터 1927년 사이에는 바너드 대학에서 글래디스 리처드 대신 근무했다.[17] 미드는 이 기간 동안 베네딕트의 조교로 일하며, 그녀의 애환을 더욱 가까운 거리에서 이해하게 되었다. 베네딕트는 남편 스탠리와 별거 생활에 들어간 후, 보아스에게 자신의 신상을 있는 그대로 털어놓았다. 1931년, 우여곡절 끝에 베네딕트는 컬럼비아 대학의 "정년 보장 없는 조교수 자리"를 얻게 되었다.

여성 연구자들 사이의 경쟁과 갈등도 전쟁에 가까웠지

왼쪽: 마거릿 미드가 쓴 평전 『루스 베네딕트』(1974)
오른쪽: 마거릿 미드의 자서전(1972)

마거릿 미드

만, 자신을 인류학의 주인이라도 되는 것처럼 여기는 남성 동료들과의 관계는 더욱 살벌했다. 보아스의 남성 제자들은 대부분 여성 참정권 운동을 지지하고 여권 신장을 옹호하는 지성인들이었다. 그러나 그 가운데 일부는 "과학으로 분류되던 학문 분야에 루스가 입문하는 것을 반대"[18]했다. 베네딕트는 남성 동료 집단들의 교묘하고도 뿌리 깊은 여성 차별과 맞서는 방법을 미드에게 공유했다. "계획을 드러내는 데는 신중할 필요가 있어."[19] 베네딕트의 계획은 다름 아닌 '공부'였다. 학자에게는 저서가 신분증이었다.

베네딕트는 이 세상에 혼자서 이룰 수 있는 학문이란 없으며, 더군다나 인류학자는 현장 조사를 가야 할 때가 많기 때문에 그 어떤 분야보다도 동료들끼리의 협력이 필수적이라는 사실을 간파하고 있었다. 미드와 베네딕트는 서로에게 가장 따뜻하면서도 날카로운 학문적 동반자가 되기로 약속했다. 미드는 베네딕트와의 협업을 다음과 같이 회고했다.

내가 미국을 떠나 있을 때에는 그녀가 내 공백을 채워 주었고, 그녀가 미국을 떠나 있을 때에는 내가 그녀 대신 그 일을 맡았다. 우리는 서로의 저서, 논문을 서로 되풀이해서 읽었다. (⋯⋯) 그녀가 세상을 떠날 때까지 나는 그녀가 쓴 것을 모두 다 읽었고, 그녀 역시 내가 쓴 것이라면 모조리

읽었다.[20]

두 사람은 서로에게 최초의 독자이자 최고의 논평자 역할을 매우 성실하고도 훌륭하게 수행했다. "너의 논평은 아주 흥미로웠어." "나는 그 논평이 아주 마음에 들었어." 등등의 표현이 담긴 편지가 자주 오고 갔다. 하지만 논평의 내용은 찬사 일색으로 채워지지 않았다. 그들은 신뢰와 친분의 두터움만큼이나 날 선 비판을 유지했다. 상대방의 글을 읽은 후, 핵심을 찌르는 질문을 던지며 희열을 느꼈다.

때로는 기탄없이 조언을 구하기도 했다. 1932년 8월에 베네딕트는 미드에게 도움을 청했다. "나는 내 책 제목을 무엇으로 할까, 고심에 고심을 거듭하고 있어. 내가 인류학에 아주 밝은 사람이라는 것을 분명하게 보여 주는 제목이었으면 좋겠어. (……) 너는 무슨 좋은 아이디어 없어?"[21] 두 사람은 서로에게 자신의 한계도 숨기지 않았다. "나는 이 책을 쓰겠다고 계획하기 전까지 내가 작업해 온 요점들이 하나의 동일한 윤곽 속으로 딱 맞아들어 간다는 것을 알지 못했어."[22]

미드와 베네딕트는 인류학계의 통설을 뒤집는 역작들을 잇달아 내놓았다. 베네딕트는 1934년에 북미의 부족 사회를 대상으로 문화의 상대성을 설득력 있게 입증한 저서 『문화의 패턴』[23]을 발표했고, 1946년에는 "미국이 지금까지 전력을 기울여 싸운 적 가운데 가장 낯선 적"[24]인 일본 문화의 이중성을 날카롭게 해부한 『국화와 칼』을 출간해서 세상을 깜짝 놀라게 했다.

한편 미드는 1925년 사모아에서 현지 조사를 시작하면서부터 인류학에 더욱 심취하게 된다.[25] 1935년에 마거릿은 『세 부족사회에서의 성과 기질』을 출간했다.[26] 이 책에서 마거릿은 생물학적 차이가 성별 역할을 결정짓는다는 통념을 비판하며, 문화적으로 구성된 성별의 개념을 명확하게 설명했다.

『문화의 패턴』과 『세 부족사회에서의 성과 기질』은 학계는 물론이고 일반 독자들에게도 큰 사랑을 받았다. 미드와 베네딕트는 "1930년대의 개혁 운동 교과서"[27]의 저자로 호명되었다. 두 사람 모두 여성을 생물학적인 특징으로 규정짓는 동시에 사회적으로 억압하는 가부장제의 모순을 비판한다. 베네딕트와 미드가 1년의 시차를 두고 각자의 이론을 발표한 것은 결코 우연이 아니었다. 재능과 지성의 격차가 현격하게 벌어지는 순간 우정이 위태로워진다고 믿었던 미드와 베네딕트는 현실에 안주하지 않았다. 언제나 함께 공부하고 싶어 했다.

또한 두 사람은 인류학이 과학적 방법론과 문학적 글쓰기가 결합된 학문임을 적극적으로 증명하고자 했다. 미드와 베네딕트는 현지 조사와 통계 분석에 발군의 학자들이었으며, 동시에 문학과 역사, 철학과 예술을 넘나드는 전방위적 문필가들이었다. 국제 질서와 정치 현안에도 관심이 많았다. 전쟁과 선거, 법 제도 등을 놓고 자주 토론하는 시간을 가졌다. 두 사람은 서로의 가족과 연인, 친구들의 이야기도 상세하게 털어놓았다.

마거릿 미드와 그레고리 베이트슨의 딸 메리 캐서린 베이트슨은 인류학의 거장이었던 자신의 어머니와 아버지를 회고하면서 자연스럽게 미드와 베네딕트의 관계를 이야기했다. 캐서린의 기억에 따르면, 미드와 베네딕트는 한때 연인이었다가, 평생 특별한 우정을 지속한 그야말로 둘도 없는 친구였다.[28] 마거릿과 루스는 생각과 언어를 완전하게 공유하는 지기(知己)임이 틀림없었다. 미드는 고백했다. "내게 루스와도 같은 사람은 전에도 없었고 현재에도 없다."[29]

베네딕트는 1937년에 마침내 부교수에 임명되었지만, 인류학과가 소속되어 있었던 정치 대학의 교수들은 "여자가 그들과 똑같이 정교수 지위를 획득한다는 것은 학계 내에서 그들의 지위를 낮추는 일"로 받아들였다. 1948년 7월이 되어서야 베네딕트는 정교수가 되었다. 예순한 살 되던 해였다. 두 달 뒤인 1948년 9월에 베네딕트는 관상 동맥 혈전증으로 갑작스럽게 사망했다. 미드는 몇몇 지인들과 함께 베네딕트

루스 베네딕트

인류학 현지 조사 사진을 보여 주고 있는 마거릿 미드

의 임종을 지켰다. 미드는 베네딕트가 남긴 일들을 도맡아 처리했다. 베네딕트를 추도하는 시간은 길게 이어졌다.

미드는 1974년에 베네딕트의 전기를 출간한다. 『루스 베네딕트』의 서문에서 미드는 집필 동기이자 목표를 다음과 같이 밝혔다.

나의 초창기 학자 생활은 루스 베네딕트의 시기와 거의 정확하게 겹친다. 그녀는 나보다 15세 연상이지만 인류학에 입문한 것은 나보다 3년 정도 앞설 뿐이다. 그녀가 학자 생활을 하는 내내 우리는 함께 일했다. 서로 자리를 비울 일이 있으면 상대방의 제자들을 대신 맡아 주었다. 또 현장에 나가 있을 때에도 자주 편지를 교환했다. 베네딕트의 문서는 친구인 마리 E. 에이첼버거가 정리하여 배서 대학 도서관에 보관 중인데, 나는 문서 관리자로서 모든 문서에 접근할 수 있었다. 나는 그녀의 많은 편지와 일기를 볼 수 있었기 때문에 그녀 자신의 언어로 직접 자신의 생애를 말하게 할 수 있었다.[30]

미드가 쓴 서문은 마치 베네딕트에게 보내는 편지처럼 읽힌다. 자신에게 인류학자의 길을 열어 준 선배이자 친구 그리고 동료였던 베네딕트의 '문서 관리자'로서 미드는 자신이 해야 할 일이 무엇인지 깊이 생각했다. 인류학을 개척한 거장의 삶을 독자들에게 전달하는 일을 기꺼이 맡기로 한다. 무엇보다 미드는 베네딕트에게 자신의 마음을 꼭 이야기하고 싶었다. 글을 쓰는 수밖에 없었다. "그녀는 제 목소리를 듣고 있을 겁니다."[31]라는 미드의 말 속에는 세상을 먼저 떠난 친구를 향한 애절한 그리움이 묻어 있다.

그로부터 4년 후인 1978년, 미드는 77세의 나이로 세상을 떠났다. 미드는 자신이 그토록 열망했던 '대학 시절'의 꿈을 베네딕트와 함께 평생에 걸친 공부와 글쓰기로 완벽하게 이루었다. 친구를 기억하며, 친구의 삶을, 친구의 언어로, 한 문장 한 문장 써 내려가는 우정은 아름답다. 무척이나 숭고하다.

새로운 세기로 돌진하다

코코 샤넬과
미시아 세르

　1959년 10월, 코코 샤넬의 유일한 친구 미시아 세르의 건강이 악화되고 있었다. 샤넬은 세르의 임종을 지켰다. 친구가 눈을 감자, 샤넬은 그 자리에 함께 있었던 사람들에게 자리를 비켜 달라고 정중하게 부탁했다. 누구도 예외가 될 수 없었다. 시도니 가브리엘 콜레트와 장 콕토도 조용히 방에서 나갔다. 샤넬은 세르의 시신을 천천히 닦았다. 향수를 뿌렸다. 준비해 온 수의를 친구에게 입힌 후, 작별 인사를 마쳤다. "미시아는 죽었다." "나는 혼자예요." 두 사람은 43년을 동고동락했다.

　1916년, 샤넬은 그때까지 속옷에만 사용하던 저지 원단으로 블라우스와 투피스를 만들어 크게 유행시키며 돈방석에 앉았다. 1910년에 '샤넬 모드'라는 이름의 모자 가게를 열어 사업 밑천을 마련한 샤넬은 자신의 부티크를 열었고, 6년 만에 프랑스 패션계에 파문을 일으켰다. 세계적인 디자이너로 껑충 뛰어올랐다. 1915년부터 패션 잡지 《하퍼스 바자》는 샤넬을 예찬했다.

샤넬은 갑자기 유명해졌다. 갑자기 많은 사람들이 샤넬을 알아보기 시작했다. "사람들은 저를 알았어요. 제가 누구인지 알았죠. 저는 어딜 가든 눈에 띄었어요. (……) 저를 향한 호기심은 끝없이 저를 따라다녔죠. 대중의 관심이 제가 성공할 수 있었던 요인 중 하나라고 할 수 있어요. 저는 저 자신의 광고였어요. 언제나 그랬어요."[2] 저지 원단이 비싸지 않았고 재봉사들의 임금도 크게 높지 않았지만, 샤넬은 저지 드레스의 가격을 높게 책정했다. 자신이 유명해질수록 옷의 가치가 높아진다는 사실을 간파했을 만큼 시장의 원리를 잘 알고 있었다.

부와 명성을 얻자, 샤넬은 당대 최고의 예술가들로부터 '파리의 여왕' 혹은 '천재 수집자'로 불리던 피아니스트 미시아와 인사를 나누게 된다. 1916년에 두 사람은 처음 만났다. 미시아는 샤넬보다 열한 살 연상이었지만, 두 사람 모두 서로의 나이를 조금도 개의치 않았다. 미시아는 샤넬의 "저항할 수 없는 매력", 즉 천재성을 사랑했다. "샤넬은 무한한 우아함을 지닌 것처럼 보였다. 나는 작별 인사를 나눌 때 그녀가 입고 있던 옷단과 소맷부리에 모피를 덧댄 기가 막히게 아름다운 빨간 벨벳 코트를 칭찬했다. 그러자 그녀는 당장 코트를 벗어서 내 어깨에 걸쳐 주며 내게 코트를 주면 더없이 행복할 것이라고 아주 매력적이고 자연스럽게 말했다. 당연히 나는 그 코트를 받을 수 없었다. 하지만 그녀의 마음 씀씀이가 너무 예뻐서 나는 그녀에게 홀딱 반하고 말았다."[3] 미시아의 연인으로 그 자리에 함께 있었던 스페인의 화가 호세 마리아 세르는 샤넬을 향한 미시아의 감정에 분노를 느낄 정도로 질투했다.

미시아의 감정은 일방적인 것이 아니었다. 샤넬은 자신의 삶에 결핍되어 있었던 교양과 안목을 갖춘 미시아를 존경했다. 미시아는 예술계에서는 '왕족'이나 다름없었던 가문에서 태어났을 뿐만 아니라, 아버지의 친구인 가브리엘 포레의 집에서 어린 시절 음악을 들으며 성장했다. 집안 문제라면 한숨부터 쉬었던 샤넬은 미시아의 가문이 부러웠다. 샤넬은 자신의 출신에 뿌리 깊은 열등감을 가지고 있었고, 가족 관계가 영영 드러나지 않기를 원했다. 파리에서 멀리 떨어진 지역에서 살고 있는 두 남동생의 존재가 행여 알려질까 봐 전전긍긍했다. 한 명은 시골 구멍가게에서 신문, 담배와 복권을 팔고, 또 한 명은 시장에서 신발을 팔고 있었는데 남동

글 쓰는 여자들의 특별한 친구

생들이 파리로 자신을 찾아오지 않도록 미리 돈과 선물로 그들을 설득시켰을 정도였다.[4]

샤넬과는 전혀 다른 성장 과정을 가진 미시아는 샤넬이 하루아침에 만들어 낼 수 없는 문화적 자산들을 차곡차곡 쌓아 온 진짜 부자였다. 여러 분야에 걸쳐 탁월한 안목을 가진 미시아를 샤넬은 놓치고 싶지 않았다. 샤넬의 말처럼, 미시아와 샤넬의 우정은 '우정 그 이상의 것'이었음이 틀림없다.[5] 샤넬의 발전 가능성을 확신했던 미시아는 교육적인 우정으로 불릴 만한 일을 시작한다.

미시아는 빈센트 반 고흐, 말라르메, 세르게이 댜길레프, 이고리 스트라빈스키를 발굴하고 후원하며 예술가들과 폭넓은 교우 관계를 맺었다. 그들 가운데 샤넬에게 도움이 될 만한 예술가들을 적극적으로 소개했다. 1917년에 샤넬은 미시아의 소개로 피카소를 만났다.[6] 당시 피카소는 댜길레프의 발레 작품 「파라드」의 무대 미술과 의상을 맡아 장 콕토, 에릭 사티와 함께 작업 중이었다. 샤넬은 그들과 만나면서 예술을 깊이 사랑하게 되었다.

장 콕토의 표현처럼, "예술가들의 세상에 마술 같은 영향력을 행사했던 예술에 조예 깊고 재기 넘치는 여성"[7] 미시아는 샤넬에게 "모더니스트 예술가로 다시 한번 변신하는 데 필요한 가르침을 베풀어 주고 인맥을 모두 소개해 줬다."[8]

레프 톨스토이, 안톤 체호프, 마르셀 프루스트, 오스카 와일드, 마크 트웨인, 클로드 드뷔시, 헨리크 입센, 피에르 오귀스트 르누아르 등을 친구로 둔 미시아를 모두가 우러러보았다. 미시아를 "좋아한다기보다는 높이 평가하는 거죠."[9]라는 샤넬의 말에는 진정성이 담겨 있었다. 하지만 샤넬과 미시아의 우정이 더욱 특별해진 계기는 따로 있었다.

1919년에 연인이었던 보이 카펠이 자동차 사고로 급사하자 샤넬은 큰 충격에 빠졌다. "그의 죽음은 정말이지 나를 경악하게 했다. 카펠을 잃었을 때 나는 모든 것을 잃었다."[10] 샤넬은 삶의 의지를 잃어버린 사람처럼 칩거했다. 그녀는 신지학(神智學)에 빠져들었다. 힌두교 경전의 일부를 주문처럼 자주 읊었다. 샤넬은 정오가 지나도록 침대에 누워 있는 경우가 허다했다. 미시아는 샤넬을 더이상 방치해 둘 수 없었다. "커다란 슬픔 속에 헤매고 있을 때 미시아가 내 삶 속으로 들어왔다."[11]

미시아는 친구의 생사를 확인하기 위해 하루가 멀다 하고 샤넬의 집을 찾아갔다. 아침 9시에 현관문을 두드렸다. "나는 그녀의 마음을 다른 데로 돌려놓을 방법을 애타게 고민했다."[12] 이듬해 여름이 되어도 샤넬이 망연자실한 상태로 있자, 급기야 미시아는 호통을 친다. "코코, 이제 충분히 슬퍼했어. 자, 가방을 싸, 베네치아로 가는 거야."[13]

왼쪽: 피에르 보나르가 그린 미시아 세르(1905년경)

오른쪽: 오귀스트 르누아르가 그린 미시아

(위는 1904년, 아래는 1907년)

1920년 8월에 미시아는 호세 마리아 세르와 결혼했고, 베네치아로 신혼여행을 떠나면서 샤넬을 데리고 갔다. 세르 부부는 샤넬을 베네치아의 이 박물관에서 저 박물관으로 끌고 다녔다. 세르 부부는 자신들의 결혼식을 겸한 파티를 베네치아에서 성대하게 열었다. 예술가들이 베네치아로 몰려들었다. 미시아는 샤넬을 자랑스럽게 친구들에게 소개했다. 그 과정에서 예술적인 영감을 되찾은 샤넬은 베네치아에서 놀라운 속도로 일상을 회복했다. 만약 베네치아 여행이 없었다면 이후 이어진 샤넬의 변신에 가까운 도전은 불가능했을 것이다. 미시아의 지인들은 샤넬에게 한마디씩 했다. "미시아가 당신을 위해 해 준 일은 그녀가 다른 누구에게도 해 준 적이 없다는 걸 알아야 해요."[14] 샤넬도 수긍할 수밖에 없는 사실이었다. 미시아의 우정에 보답하고 싶었다.

샤넬은 자연스럽게 자기 삶을 되돌아보게 되었다. 수도원 부속 고아원에서 자란 샤넬은 무작정 상경한 후 바느질, 노래, 춤으로 생활비를 벌며 근근이 살았다. 샤넬은 자신의 장점이 무엇인지 궁금했다. 부자가 되어 자유를 쟁취하겠다는 일념밖에 없었던 시절도 분명 있었다. 아주 잠시 오페라 가수를 꿈꾸기도 했지만, 성악 레슨을 받자마자 목소리가 좋지 않다는 것을 알고 빨리 포기했다. 어떻게 옷 만드는 사람이 되었는지 그저 불가사의했다. 샤넬은 의상 디자인을 정식으로 공부한 적이 없고, 쿠튀르 하우스에서 견습생으로 일한 적도 없었다. 디자이너라는 직업도 마냥 생소했다. "나는 옷을 만들었어요. 아주 우연히. 그리고 향수도 만들었죠. 그것도 아주 우연히 말이에요!"[15]

샤넬은 1914년에 발발한 1차 세계 대전으로 유럽 사회의 질서가 급속도로 재편되고 있음을 직감적으로 알아차렸다. 전쟁은 세상을 완전히 뒤집어 놓았다. 중상류층 여성들이 매일 일터로 나가는 광경이 유럽 역사상 처음으로 펼쳐졌다. "나는 내가 모의하고 있는 혁명에 대해 전혀 몰랐다. 한 세계가 몰락하고 다른 세계가 태어나는 곳, 그냥 그곳에 있었을 뿐. 그리고 주어진 기회를 활용했을 뿐이다. 나는 새로 태어난 세기만큼이나 어린아이 같았다. 그러나 어찌어찌하다 보니 새로운 패션 흐름은 나의 것과 맞아떨어졌다."[16]

그녀는 가위를 들고 낡은 스웨터의 불필요한 부분부터 도려냈다. 샤넬은 자신의 긴 머리카락을 싹둑 잘라 낸 과감함을 패션에도 적용했다. 성가신 것들을 일체 용납하지 않았다. "나는 이제 새 시대의 여성들을 위해 일하기 시작했다. (……) 능동적이고 활동적인 여성들이 내 고객이 되었다. 그들은 내 옷을 입고 편안하게 활동할 수 있어야 하며 소매를 걷어붙일 수도 있어야 한다."[17] 성공의 출발점이었다. 단순함, 편안함, 청정함이 필요한 새로운 세기에 나타난 디자이

글 쓰는 여자들의 특별한 친구

패션에 일대 혁명을 일으킨 샤넬의 독특한 스타일

위: 샤넬과 미시아(오른쪽)
아래: 코코 샤넬(1931년)

너 샤넬은 '혁명'을 일으켰고, 전쟁이 터지고 첫 번째 여름이 끝나 갈 무렵 20만 프랑을 벌었다.[18]

하지만 30대 초반에 큰 명성을 얻었다고 해서 인생의 목표가 달성된 것은 아니었다. 물건 값을 흥정하지 않아도 될 만큼 부를 쌓았다고 해서 살아온 날들이 달라지는 것은 아니었다. 샤넬은 극도의 열등감과 우월감 사이를 왔다 갔다 했다. 샤넬이 한때 에티엔 발장의 정부(情婦)였다고 수군대는 사람들이 많았다. 하층민 출신이라고 손가락질받기도 했다. 샤넬도 자신이 비주류 출신임을 잘 알았다. 자기 자신을 소개할 때 "저는 재봉사일 뿐이고요."[19]라고 말했다. 반면 새로운 스타일을 전파했다는 샤넬의 자부심은 어마어마했다. 명성을 얻고 부를 쌓자 세상이 시시하게 느껴질 때도 있었다. 샤넬은 한 분야에서 뚜렷한 성취를 이루지 못한 사람들을 멸시했다. 명망가들과의 만남을 즐겼다.

특히 샤넬은 여왕, 왕족들에게 과도한 관심을 가졌다. 그들을 한없이 질투하거나 동정했다. "나는 왕족들을 보면 늘 유감스럽다. 만약 직업이라고 부를 수 있다면 그들의 직업은 이 세상에서 가장 슬픈 직업이다."[20] 그녀는 스스로를 여왕으로 규정했다. "이 시골 소녀의 내면에는 여왕이 살고 있습니다."[21] 세상의 평가는 전혀 달랐다. 유럽과 미국의 부유한 여성들이 그저 샤넬의 옷을 사 입었을 따름이었다. 미시아가 데려간 파티에서 '재봉사'를 불청객 취급 하던 '귀족들'의 표정이 샤넬의 뇌리에 박혔다. 복수심에 사로잡혔다. 근사하게 살고 싶었다.

1920년대로 접어들자 샤넬은 거주지를 바꾸기로 한다. 1719년에 공작 부인을 위해 지어진 유서 깊은 저택을 눈여겨보고 있었다. 로스차일드 가문과 프랑스 대통령의 집이 바로 근처에 있었다. 최고급 자재로 인테리어를 마쳤다. "샤넬의 집은 두툼한 베이지색 양탄자에다 금이며 크리스털이며 루이 14세 풍의 장식적인 가구들로 가득 차 있었고, 벽은 비단으로 마감되어 있었다. (……) 벽난로 위에는 십자가와 더불어 금부처상이 딱 버티고 있었고, 중국 병풍과 사자상들이 곳곳에 흩어져 있었다."[22] 샤넬은 가죽 장정과 금박 장정의 책들을 사들이기 시작했다. 그녀는 콜레트의 소설을 좋아하고 즐겨 읽었다. 응접실에 피아노도 들였다.

샤넬은 당시 파리에 거주 중이던 일류 예술가들을 초대할 준비를 마쳤지만, 무작정 연락을 할 수는 없었다. 샤넬 나름대로의 트라우마가 있었다. 샤넬은 돈을 번 다음부터 예술가들을 적극 후원했다. 하지만 샤넬이 기부금을 내면, 그녀가 '사교 술책'을 부린다거나 '뇌물'을 뿌리고 다닌다는 소문이 세간에 돌았다. "좋은 일을 했는데 돌아오는 건 따귀밖에 없었지요."[23] 문화 예술계 인사들은 배타적이었다. 다행히

글 쓰는 여자들의 특별한 친구

피에르 보나르가 그린 미시아(1908년)

에두아르 뷔야르가 그린 비시아와 펠릭스 발로통
(위는1899년, 아래는 1897년)

미시아 세르가 샤넬의 집을 그녀가 원하는 공간으로 만들어 주었다. 샤넬에게 프랑스 남서부 사투리 억양을 고쳐 보자고 권유했다. 발음을 점검받은 샤넬은 토론에 두각을 드러냈다. 그녀는 이야기를 주도해 나가는 재치가 있었다. 미시아는 샤넬에게 피아노도 직접 가르쳤다. 샤넬은 음악, 미술, 연극, 영화, 발레에 흠뻑 빠져들었다.

1922년, 샤넬은 장 콕토가 각색한 소포클레스 「안티고네」의 의상을 맡았다. 장 콕토는 원작을 대폭 축소했다. 샤넬은 절제미와 세련미를 겸비한 의상으로 주인공 안티고네와 안티고네의 여동생 이스메네에게 생명력을 불어넣었다. 반응은 폭발적이었다. 《보그》는 즉각 샤넬을 격찬하는 비평문을 실었다. "모직으로 만든 이 은은한 의상들은 진짜 그리스 의상들을 발굴해 낸 것처럼 보인다."[24] 롤랑 바르트는 샤넬을 문학사에 기입해야 한다고 주장했다. "오늘날 우리 문학의 역사에 관한 책을 펼친다면, 새로운 고전 작가의 이름을 발견해야 할 것이다. 바로 코코 샤넬이다. 샤넬은 펜과 종이가 아니라 옷감과 형태와 색깔로 고전을 쓴다. 그녀는 위대한 세기의 작가다운 권위와 재능을 갖추었다."[25] 탄탄대로가 펼쳐지는 듯했다. 그러나 샤넬과 미시아의 삶에 먹구름이 몰려들고 있었다.

미시아 부부는 파경을 맞았다. 미시아의 친구였던 러시

아 공주 루시 모디바니가 원인이었다. 이제 샤넬의 차례가 되었다. 샤넬은 미시아의 보호자를 자처했다. 1927년, 샤넬은 니스 지방에 별장을 마련했다. 미시아를 그곳으로 데려와 함께 지냈다. 샤넬은 미시아에게 남프랑스와 스코틀랜드를 비롯해 런던의 명소를 안내했다. 미시아는 샤넬과 많은 시간을 보내며 여유를 되찾았다. 훗날 전남편의 부인이 된 루시가 결핵에 걸려 위독하다는 소식을 듣게 되었을 때, 미시아는 샤넬에게 상황을 털어놓은 다음, 초 한 자루를 사 들고 달려가 루시를 위로했다. 1938년에 루시가 세상을 떠나자 미시아도 충격을 받았다. 미시아는 망막 출혈로 고생하다 한쪽 눈의 시력을 잃었다.

그즈음 샤넬은 판단력을 잃고 우왕좌왕했다. 1939년에 나치 정권이 폴란드를 함락했다. 런던과 파리도 풍전등화의 상황에 직면한다. 샤넬은 두려웠다. 백기를 들었다. 의상실 문을 닫았다. 1940년 6월에 독일군은 파리의 표지판을 독일어로 바꾸기 시작했다. 샤넬은 나치에 협력했다. 1944년 8월, 드골 장군의 프랑스 군대가 파리에 도착했다. 독일에 부역한 사람들은 조사를 받아야만 했다. 약 한 달 뒤, 샤넬은 소환되었으나 영국에서 걸려 온 윈스턴 처칠의 전화 한 통으로 목숨을 건졌다. 1930년 출간된 자서전 집필을 위해 처칠은 한동안 프랑스에 머물렀던 적이 있었다. 처칠은 1927년 혼신의

글 쓰는 여자들의 특별한 친구

에두아르 뷔야르기 그린 미시아
(위와 아래 모두 1895년)

펠릭스 발로통이 그린 미시아(1898년)

힘을 다해 패션쇼를 준비하던 샤넬의 모습을 목격하고 깊은 인상을 받았다고 한다.[26]

처칠의 도움으로 목숨은 건졌지만, 샤넬은 스위스로 망명을 떠나야만 했다. 때를 기다려야 했다. "마음속으로는 한 번도 은퇴한 적이 없어요."[27] "일이 내 인생의 전부니까요."[28] 샤넬은 1953년에 파리로 귀환했다. 71세 되던 해인 1954년에 패션쇼를 열었다. 겨우 열 벌 정도의 옷이 팔렸다. 대참패였다. 하지만 포기하지 않았다. "두고 봐! 다시 시작할 거니까……."[29] 1955년 초, 샤넬의 투 컬러 재킷은 선풍을 일으켰다.《라이프》는 샤넬의 성공을 대서특필했다. "그녀는 유행을 일으키는 정도가 아니라 일대 혁신을 일으키고 있다."[30]

샤넬은 리츠 호텔을 좋아했다. 그곳을 집 삼았다. 오직 미시아만이 샤넬의 스위트룸을 출입할 수 있었다. 1959년에 미시아가 세상을 떠나자 샤넬은 또다시 외톨이가 된 것 같았다. 미시아의 빈자리를 누구도 채워 줄 수 없었다. "혼자서 자랐고 혼자서 살았고 혼자서 늙어 가고 있다."[31] 1963년 10월 11일에는 장 콕토와 에디트 피아프가 마치 약속이라도 한 듯 몇 시간 차이로 세상을 떠났다. 샤넬도 자신의 최후를 준비하기 시작했다. 장례를 간소하게 치르도록 틈날 때마다 주위에 당부했다. 1965년 10월에 유언장 작성도 마쳤다.

하지만 마지막 순간까지 일을 놓고 싶지 않았다. "쉬는게 지겹다는 것을 깨닫는 데 15년이 걸린 거죠. 이제는 허무에 빠져 있기보다는 차라리 실패하는 편이 더 낫거든요."[32]
1971년 1월 26일로 예정된 패션쇼에 기대를 가졌던 88세의 샤넬은 행사를 약 보름 앞둔 1월 10일에 리츠 호텔에서 눈을 감았다. "저에게는 새로운 세기가 옷으로 자기 자신을 표현하려고 고심하는 것이 보였어요."[33]

샤넬은 디자이너인 자신에게 시대의 변화를 감지하는 능력을 일깨워 준 미시아를 잊지 않았다. "미시아가 없었다면 저는 바보로 죽었을 거예요."[34] 샤넬과 미시아는 서로에게 한없이 다정했다. 미시아와 함께 샤넬은 새로운 세기로 돌진했다. 파격의 연속이었다. 우정이 샤넬의 삶을 걸작으로 만들었다.

글 쓰는 여자들의 특별한 친구

미시아 세르(1901년)

툴루즈 로트레크가 잡지《라 레뷔 블랑쉬》의
표지로 그린 미시아

내 스승을 찾았어!

다이앤 아버스와
리젯 모델

대공황에도 끄떡없던 부자들이 있다. 1923년 미국 뉴욕의 네메로브 집안에서 태어난 다이앤 아버스는 센트럴파크를 내려다보며 자랐다. 모피 사업으로 부를 쌓은 집안 어른들은 자녀 교육에 공을 들였다. 그녀는 1930년에 맨해튼 최고의 초등학교로 꼽히는 에티컬 컬처 스쿨에 들어갔다. 다이앤과 그녀의 동창들은 '유대인 공주', '응석받이'로 키워졌다. "그들은 당시 뉴욕의 유명 무용 학교 교장이던 바이올라 울프에게 무용 레슨을 받고, 치아 교정을 했으며, 그중 몇몇은 나중에 코 성형을 했다." 다이앤은 동창생들과 달랐다. 자의식이 강하고 섬세했다. 학업 성적도 우수했다. 자연스럽게 필드스톤 스쿨로 진학했다. "그 학생의 정신력은 무서울 정

글 쓰는 여자들의 특별한 친구

도입니다."[2] 그녀는 특히 미술에 관심이 많았다. 교사들을 찾아가 케테 콜비츠, 파울 클레, 고야의 작품을 주제로 열띤 토론을 벌일 정도였다. 플로베르와 소포클레스를 분석한 다이앤의 에세이는 학내에서 큰 화제가 되기도 했다. "필드스톤 스쿨의 사람들은 다이앤이 대학에 갈 거라고 믿어 의심치 않았다."[3] 하지만 그녀는 대학 진학 대신 결혼을 선택했다.

다이앤은 열네 살에 고모부 회사에서 일하는 "잘생긴 열아홉 살짜리 곱슬머리 남학생" 앨런 아버스를 만났다. 첫눈에 반했다. 가족들 몰래 연애를 했다. 앨런은 영재 학교로 명성이 자자했던 브롱스 과학고를 졸업했지만, 가정 형편이 어려워 야간 대학을 다니고 있었다. 앨런은 다이앤이 자신에게 과분한 배우자라고 생각했다. 다이앤의 기품과 교양에 주눅이 들었지만, 앨런은 다이앤과 꼭 결혼하고 싶었다. 다이앤은 대학 교육에 별다른 매력을 느끼지 못했을 뿐만 아니라, 하루빨리 가족으로부터 도망치고 싶었다. 더 이상 아버지의 '착한 딸'로 살고 싶지 않았던 다이앤은 성급하게 극단적인 결론을 내린다. 결혼을 하면 부모로부터 자유로워질 수 있을 것으로 기대했다.

1941년 4월, 열여덟 살의 다이앤은 앨런과 결혼했다. 신혼여행도 못 갈 정도로 두 사람은 가난했다. 다이앤은 부모에게 도움을 받고 싶지 않았다. 다이앤과 앨런은 의류 판매

원으로 일하며 생계를 꾸려 나갔다. 앨런이 부업으로 패션 사진을 찍을 때 다이앤은 조수 역할을 했다. 그렇게 열심히 돈을 벌어도 살림살이는 늘 빠듯했다. 1945년에는 다이앤과 앨런의 첫딸 둔이 태어났다. 앨런은 패션 사진가로 보란 듯이 성공하고 싶었다. 다이앤에게 자신과 팀을 이루어 사진 스튜디오를 운영하자고 제안한다.

1946년에 '다이앤 앤드 앨런 아버스'라는 이름으로 사진 사업을 시작한 두 사람은 패션 잡지와 광고 시장에서 큰 성공을 거둔다. 다이앤은 더 이상 앨런의 조수로만 머물지 않았다. 직접 사진을 찍기 시작했다. 그녀는 사람들을 집요하게 관찰했다. "다이앤은 사람들을 탐구하며 시간을 보냈다." "친구들을 탐구하면서 말이죠. 정말 주변의 모든 사람과 모든 것에 깊이 반응하는 듯했고 실제로 그랬습니다."[4] 사진 촬영은 누군가의 삶에 "끼어드는 것이 아니라 방문하는 것"[5]이라고 생각했다.

다이앤과 앨런은 사진작가로 승승장구했다. 돈이 없어 결혼 첫날밤을 친구 집에서 보내야 했던 두 사람은 10년 만에 사진 촬영을 위해 유럽 여행을 떠날 정도로 자리를 잡았다. 1951년 8월 파리에서 다이앤과 앨런은《보그》와 작업을 성공적으로 마쳤다. 그들은 유럽의 마지막 행선지인 이탈리아로 향했다. 1952년 봄에 미국으로 돌아온 부부는 사업을

글 쓰는 여자들의 특별한 친구

더욱 확장해 나갔다. 1954년에는 둘째 딸 에이미가 태어났다. 《라이프》에 전면 광고로 나간 맥스웰 하우스 커피 광고도 호평을 받았다. 광고 사진으로 정점을 찍고 있었다.

그러나 두 사람 사이에 조금씩 균열이 생겼다. 앨런의 사진도 호평을 받았지만, 사람들은 다이앤의 작품에 더욱 주목했다. 앨런은 비교적 담담하게 반응했다. 겉으로는 아내의 재능을 자랑스러워했다. 앨런은 혼자서 클라리넷을 연습했고, 배우가 되고 싶어 했다. 반대로 다이앤은 항상 사진을 찍었다. 그녀는 스스로 새로운 작품 세계를 개척하고 있었다. 시간이 늘 부족했다. 비용을 절감하기 위해 다이앤은 회계, 스케줄 조정, 스타일링 작업, 모델 섭외, 영업, 홍보 등 촬영 이외의 업무까지 도맡았다. 과로보다 매너리즘이 더 무서웠다. 인내심에 한계를 느꼈다. 살기 위해서라도 그녀는 돌파구를 마련해야 했다.

다이앤은 뉴스쿨에 개설된 편집 디자이너이자 잡지 아트 디렉터 알렉세이 브로도비치의 워크숍 과정에 등록한다. 그는 수강생들에게 독설을 퍼붓는 강사로 유명했다. 상업 사진가는 나비의 수명을 가졌다고 일갈하는 알렉세이 브로도비치의 강의를 듣고 큰 충격을 받았다. 꾹 참을 수밖에 없었다. 그러나 광고 사진으로 8년 이상 버티는 작가는 드물다는 이야기에 그만 워크숍을 박차고 나왔다. 다이앤은 현명했다. 곰곰이 생각해 보니 틀린 말도 아니었다. 그녀는 더 늦기 전에 사진을 제대로 배우고 싶었다. 진정한 스승을 만나고 싶었다. 다이앤은 자신이 《바자》와 《애퍼처(Aperture)》에서 유심히 본 사진을 떠올렸다. 리젯 모델의 작품이었다. 1906년 오스트리아에서 태어나 1941년 뉴욕으로 건너온 모델은 뉴욕 현대 미술관에서 그녀의 첫 사진 작품이 전시되자마자 예술가로 인정받았다.

다이앤은 모델에게 전화를 걸었다. 다짜고짜 어떤 작품이라도 좋으니 그녀의 사진을 사고 싶다고 했다. 그리고 만약 구입이 불가능하면 한 점만이라도 잠시 빌려 달라고 애원했다. 모델은 다이앤에게 판매할 사진도 보여 줄 사진도 없다고 딱 잘라 말했다. 다이앤은 모델에게 사진을 배우고 싶다고 매달렸다. 진심이 통했다. 모델은 뉴스쿨에서 진행 중인 자신의 수업을 다이앤에게 권한다.

1958년, 서른다섯 살의 사진작가 다이앤 아버스는 리젯 모델의 제자가 된다. 모델은 다이앤이 잔뜩 긴장한 채로 자신의 수업에 들어왔다고 회고했다. 모델의 기억과는 달리, 다이앤은 모델의 수업을 듣기 시작했을 때 너무나도 기뻐서 눈물이 났다. 독학으로 사진을 익혀 나갈 때와는 완전히 다른 경험이었다. 첫 과제부터 특별했다. 다른 사람들이 지금까지 결코 찍어 본 적이 없는 것을 찍으라고 강조했다. 모델로부터 사진 촬영은 결국 창조의 영역이므로, 기술에 집착하지 말라는 조언을 들었을 때 다이앤은 안도했다. 용기를 내 초기 작품을 선보였다. 스승의 얼굴에 실망하는 기색이 역력하자 다이앤은 당황했다. 부지불식간에 자신도 한때 천재 소리를 들었던 예술가라고 항변하고 말았다. 스승은 나지막이 그러나 엄하게 타일렀다. 어릴 때 천재 소리 들은 사람들이 왜 쉽게 몰락하게 되는지를 설명했다. 다이앤은 "천재란 자신이 무엇을 하고 있는지도, 그것을 어떻게 하고 있는지도 알지 못하는 자"[6]임을 알게 되었다. 그녀는 어쩔 수 없이 겸손해졌다. 홀가분한 심정이었다.

모델은 존경할 만한 스승이었다. 어떤 경우에도 다이앤을 질책하거나 궁지로 몰지 않았다. 제자에게 진정 "찍고 싶은 것"이 무엇인지 질문했다. 다이앤은 스승과 함께 공부하면서 사진 찍는 걸 즐길 수 있게 되었고, 사진을 일로 배울 수 있게 되었다. 무엇보다 그녀는 스승에게 친구 만나는 법을 정식으로 배웠다. 모델과 다이앤은 "엄청난 우정"의 비밀을 함께 풀어 나간다.

다이앤은 촬영 모델을 만날 때마다, 그리고 멋진 친구를 소개받을 때마다 "내 스승을 찾았어!"라고 외쳤다. 열여섯 살 때까지 "심기가 뒤틀린 아이"로 살았던 그녀는 전혀 다른 사람이 되었다. 다이앤의 사후에 친구들은 누구 할 것

없이 그녀를 따뜻한 사람으로 기억했다. 친구의 이야기를 끝까지 듣고, 친구를 있는 그대로 존중하며, 친구를 응원하고 지지하며, 친구와 함께 배우는 사람이 되었다. 다이앤은 영화 제작자 셜리 클라크, 소설가 패티 힐 등과 서로의 장점을 배우고 존중하면서 우정을 키워 나갔다.

한편 다이앤이 일취월장할수록 앨런은 불행해 보였다. 앨런은 사진이 아닌 연극에서 희망을 찾고자 했다. 앨런은 다이앤에게 젊은 여배우 이야기를 자주 했다. 불길한 예감이 들었다. 앨런은 새로운 사랑에 빠졌다. 다이앤과 앨런 사이엔 여전히 "애정과 존경"이 남아 있었지만, 결국 파경을 맞았다. 더 이상 사진 작업을 함께 할 수 없었다. 앨런도 알고 있었다. 다이앤이 자신보다 훨씬 뛰어난 예술가임을 부인하지 않았지만, 그 사실을 직면하기는 괴로웠다.

다이앤은 앨런과 헤어진 후, 더욱 사진 작업에 몰입한다. 새로운 작품 세계를 개척하고 싶었다. "삶을 있는 그대로, 덧붙이거나 변조하지 않는"[7] 다큐멘터리 장르로 돌진했다. 스승인 모델은 다이앤을 무조건 격려했다. 다이앤은 우선 도시를 끊임없이 배회했다. 부랑자들에게 말을 걸고 그들과 긴 이야기를 나누었다. 모델이 자신에게 던졌던 질문을 자주 떠올렸다. 자신이 진정 갈망하는 것이 무엇인지 끈질기게 탐문했다. "내가 묘사하려고 하는 것은 자신을 버리고 다

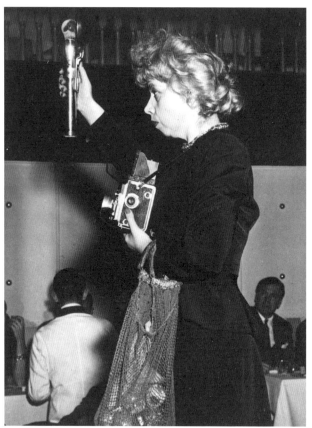

카메라 플래시 전구가 가득한 자루를 들고 촬영 중인 리젯 모델(1946년)

다이앤 아버스(1967년)

른 사람이 되는 것이 불가능하다는 점이다."[8]

1961년에 다이앤은 「자연의 귀족, 괴짜들 — 희귀하고 소중한 사람들을 그들이 직접 보여 주듯 내부에서 바라본 모습」을 발표한다. 그녀는 1961년에 헤밍웨이가 자살하고 1962년에 매릴린 먼로가 의문사로 생을 마감하자, 죽음을 어떻게 카메라에 담을 수 있을 것인지에 대해서까지 고민한다. 어려운 문제에 부딪힐 때마다, 다이앤은 스승 모델에게 자문을 구했다. 다이앤과 모델은 같은 길을 걸었다. 그들은 "고통스러운 이미지를 수집하기 위해서 과감히 세계 속으로 뛰어 들어가는 사진작가였다".[9] 1960년대에 다이앤은 활동 영역을 점차 넓혀 간다. 반전 운동과 인권 운동에도 앞장섰다. 시위 현장에서 사진을 찍었지만, "무리의 가장자리"에서 맴돌았다. "나는 유명한 사람이나 피사체는 사진에 담지 않는다."[10] 스승과 제자의 지향점은 같았다.

다이앤의 성장을 가장 먼저 기뻐한 사람은 바로 스승 모델이었다. 사람들은 모델과 다이앤의 사제 관계가 마치 어머니와 딸 사이 같았다고 기억했다. 제자는 스승의 "모든 말에 귀를" 기울였다. 모델은 1950년대부터 사진 촬영 대신 교육에 심혈을 기울이고 있었다. 자신의 사진이 매체에 실리기에는 지나치게 정직하고 강렬하다고 판단했던 모델은 자신의 열정을 모조리 뉴스쿨의 수업 시간에 쏟았고, 자기가 아는 모든 것을 다이앤에게 가르치고 싶어 했다. 다이앤은 스승의 기대를 결코 저버리지 않았다. 모델은 사진 속에서 해방적인 예술을 추구하기 시작한 다이앤을 전적으로 응원했다. 제자는 스승의 안목을 신뢰했다. 자신의 모든 작업을 날카롭게 비평해 달라고 부탁했다. 다이앤은 사진을 찍을 때마다 자신의 어깨 너머에서 자신을 지켜보고 있는 '선생님'을 의식했다.

1965년부터 다이앤의 관점은 더욱 날카로워졌다. 같은 해에 파슨스 디자인 스쿨에서 사진을 가르치기 시작했다. 다이앤은 스승을 닮고 싶었다. 모델처럼 학생들에게 제대로 가르치고 싶었다. 학생들을 위해 자신이 할 수 있는 일을 먼저 찾아 나섰다. 문제는 건강이었다. 우울증이 깊어지고 있었다. 간염으로 외출을 못 하게 되자, 다이앤은 한없이 나약해진다. 힘겹게 쌓아 올린 시간들이 한순간에 다 무너지는 것같이 느껴졌다. 불안이 엄습했다. 1970년에 페미니스트 운동가들이 약진하면서 다이앤은 오히려 소외감을 느낀다. 자신이 여성 예술가로 분류되기보다 독보적인 사진작가로 기억되길 원했다.

1970년, 다이앤은 마지막 수업을 하고 나서 학생들을 자기 아파트로 초대했다. 모델도 그 자리에 참석했다. 다이앤은 스승 앞에서 자신의 제자들을 소개할 때 뿌듯해했다.

하지만 다이앤의 건강은 점차 악화되고 있었다. 하루하루가 힘겨웠다. 예일 대학에서 다이앤에게 1971년 가을에 사진 강의를 해 달라고 요청했지만, 그녀는 감당할 자신이 없었다. 일언지하에 거절했다. 1972년 여름에는 베네치아 비엔날레에서 다이앤의 사진이 전시될 예정이었다. 그녀는 얼떨결에 작품 전시를 수락했지만, 중압감에 울음을 터뜨릴 때가 많았다.

다이앤은 막막할 때마다 모델을 찾아갔다. 스승은 제자를 많이 걱정했다. 다이앤은 어떻게든 살아 보려고 발버둥을 쳤다. 스승에게 편지로 자신의 상태를 있는 그대로 전하기도 했다. 최선을 다했지만 차도가 없었다. 속수무책이었다.

1971년 7월 26일, 다이앤은 스스로 생을 마감했다. 이듬해인 1972년에 다이앤의 회고전이 개최되었다. 수전 손택은 다이앤의 작품에 깊은 인상을 받았다. "아버스가 괴짜에 관심을 보인 이유는 자신의 순진함을 깨 버리고 뭔가 특권을 누린다는 기분을 없애고, 편안히 지낸다는 것에 불만을 터뜨리고 싶은 욕망을 지녔기 때문이다."[11]라는 손택의 분석은 놀랍게도 모델이 다이앤에게 수업 시간에 마르고 닳도록 강조했던 내용과 유사했다. 그렇게 다이앤 아버스와 리젯 모델은 "사진에 관한 앎의 척도가 되었다."[12]

모델은 1983년 생애 마지막 순간까지 다이앤을 매우 자랑스러워했다. "내가 찍지 않았다면 아무도 보지 않았을 것들이 있다고 나는 정말로 믿는다."[13] 두 사람은 서로의 작품과 신념을 존중했다. 훌륭한 스승을 만난 제자는 깨치고 성장한다. 뛰어난 제자를 둔 스승은 환호하며 공부한다. 교학상장(敎學相長). 다이앤 아버스와 리젯 모델이 우정의 비밀을 이야기한다.

정직한 친구들

한나 아렌트와

라헬 파른하겐

한나 아렌트는 처음 만난 사람도 이내 친구로 만들었다. 그녀 앞에서는 누구라도 쉽게 무장 해제되었다. 그렇다고 해서 아렌트를 마냥 친절한 성격의 소유자라고 생각하면 곤란하다. 그녀는 위엄 넘치는 철학자였다. "판단하는 것을 좋아했고, 도덕적 열정을 환기시키며 인류의 스승 역할을 매우 효율적으로 수행했다."라고 아렌트를 기억한 월터 라쾨르의 '증언'은 진실에 가깝다.[1] 아렌트는 젊은 시절에는 "무자비할 정도로 자신감이 넘쳤지만"[2] 연륜이 쌓일수록 신중하고 겸손한 마음으로 만사에 임했다. "내가 한 모든 것과 내가 쓴 모든 것이 임시적인 것이라고 말하고 싶다. 나의 모든 사유가 임시적이라는 특성을 가지고 있다고 생각한다."[3]라

글 쓰는 여자들의 특별한 친구

는 아렌트의 말은 위선도 과장도 아니었다.

실제로 아렌트는 천재라는 칭호를 매우 꺼렸다고 한다. 아렌트의 조교였던 제롬 콘은 "비록 그녀가 자신을 천재라고 일컫는 말을 참을 수 없어 했을지라도 (……) 그녀를 알고 있는 사람은 그 누구도 우정에 대한 그녀의 천재성을 의심하지 않을 것이다."[4]라고 확신했다. 아렌트의 삶에서 우정은 특별한 의미를 차지했지만 그녀는 우정을 신봉하지 않았고 또한 우정을 섭렵의 대상으로 삼지도 않았다. 우정을 매개로 세계를 발견하고 싶은 욕망이 없었던 것은 아니었지만 우정을 도구화하지 않았다. 포용성을 우정의 조건으로 생각했지만 친분에 집착하지 않았기에 아렌트는 우정의 대상을 시공간에 구애받지 않고 확장해 갈 수 있었다.

아렌트가 "100년 동안 죽은 듯이 있었지만 나의 가장 절친한 친구"[5]라고 밝힌 라헬 파른하겐은 1771년 독일에서 태어나 1833년에 세상을 떠났다. 파른하겐을 아렌트보다 먼저 알아본 사람도 있었다. 하인리히 하이네는 파른하겐을 "전 우주에서 사고력이 가장 풍부한 여성"[6]이라고 극찬했다.

1793년에 파른하겐은 베를린의 자신의 다락방에서 살롱을 열었다. 괴테의 작품을 예찬하며 토론과 사교의 장이 펼쳐진 파른하겐의 베를린 살롱에는 "왕자, 예술가, 학자, 외국 대사, 백작 부인, 상인, 배우들이 모두 동일한 열정을 가지고 가입하려고 경쟁했다."[7] 살롱 안에서는 신분 차이가 크게 중요하지 않았다. 다양한 주제로 격론이 오고 갔다. 문학과 예술의 공론장에서 새로운 우정이 펼쳐지기 시작했다. 시대를 풍미했던 훔볼트 형제, 프리드리히 슐레겔, 프리드리히 슐라이어마허, 장 파울, 클레멘스 브렌타노, 아델베르트 폰 샤미소 등이 파른하겐의 살롱을 찾았다.

그러나 아렌트는 그들과 동시대인이 아니었다. 1906년에 태어난 아렌트가 그토록 무수히 많은 친구들 중에서 유독 서로 다른 시대를 살았기에 직접 만날 수 없었던 파른하겐을 자신의 가장 절친한 친구라고 공개한 이유는 무엇일까? 과연 아렌트에게 절친함의 기준은 무엇이었을까?

아렌트는 "다른 모든 것을 다 소유해도 친구가 없다면 아무도 그런 삶을 선택하지는 않을 것이다."라는 아리스토텔레스의 말을 인용하며, "우정은 공동의 세계에서 동등한 파트너가 된다는 것 즉 친구들이 함께 공동체를 구성한다는 것을 의미한다."[8]라고 규정했다. 더불어, 우정은 "진실한 대화 가운데 친구들이 상대방의 의견에 내재된 진리를 이해할 수 있다는" 점에서 "최고 수준의 정치적 통찰이다."[9]라는 주장을 펼치기도 했다.

아렌트의 견해에 따르면, 두 사람이 직접 만나지 않아도 각별히 가까운 친구가 될 수 있다. "한 사람의 마음이 직접 다른 사람의 마음에 가닿을 때"[10]부터 우정이 시작될 수 있다는 주장은 매혹적이지만, 도대체 어떻게 실현 가능한지 궁금해진다. 바로 책이 그 비밀을 품고 있다. 한스 블루멘베르크는 세계를 읽는다는 것과 책을 읽는다는 것이 동일한 개념인지 질문하며, 책을 통해 세계를 읽게 된다는 믿음은 세계를 독서 가능성의 대상으로 두는 것과 같다는 진단을 내렸다.[11] 블루멘베르크의 통찰처럼 책을 통해서 세계를 읽을 수 있다는 믿음은 아렌트의 우정에도 적용될 수 있을 것이다.

아렌트는 파른하겐의 책을 통해 파른하겐을 깊이 이해하고 파른하겐의 마음에 가닿았다. 책 한 권을 제대로 읽는다는 행위는 곧 독자가 저자와 친구가 된다는 의미임을 아렌트의 삶과 글에서 확인할 수 있다. 독해하기 어려운 책은 다가서기 힘든 친구와 비슷하지만, 마침내 그 책을 제대로 읽어 냈을 때 독자는 저자의 내면을 이해하게 되고 저자가 쓴 한 권의 책을 매개로 저자와 우정을 맺게 된다. 책에 압도당하지 않으면서 저자를 만나고 그 저자를 다시 자신의 책에 주인공으로 소환하는 읽기와 쓰기의 선순환이 아렌트의 삶에서 일어났다. 아렌트는 파른하겐과 자신의 삶을 겹쳐 읽고 다시 썼다. 아렌트가 완성한 파른하겐의 전기는 실험적이고 도전적인 여성의 삶 쓰기(life-writing)로 평가받을 수 있을 것이다.

아렌트와 파른하겐의 만남을 거슬러 올라가 본다. 아렌트의 친구 안네 멘델스존은 18세기 유대인 사교계 여성의 편지와 일기를 완독한 후, 파른하겐의 삶에 특별한 관심을 가지게 되었다. 안네 멘델스존은 먼저 파른하겐의 책을 모두 사들였다. 아렌트에게도 파른하겐 전집을 적극 추천했다. 아렌트는 파른하겐의 글을 읽고 이내 전율을 느꼈다. "아렌트는 곧 이 일기의 주인인 라헬 파른하겐에게 집착하기 시작했다."[12] 학교를 다니지 못했지만 어쩌면 그랬기 때문에 파른하겐의 지성은 놀랍도록 심오했다. 아렌트는 파른하겐을 다음과 같이 예찬했다. "독창적이고 오염되지 않았으며, 관습에 얽매이지 않는 지성인으로서 사람들을 빨아들이는 듯한 관심과 진성으로 열성적인 천성이 결합되어 있음."[13] 1929년에 박사 학위 논문을 마무리 지으면서 아렌트는 파른하겐의 전기(傳記) 작업에 착수한다.

23세에 철학 박사가 된 아렌트는 4년 후인 1933년에 독일에서 반(反)유대인 조치가 내려진 기간 동안 시온주의 단체를 돕다가 체포되어 경찰 심문을 받게 된다. 그녀는 경찰에서 풀려나자마자 체코 국경을 넘어 파리로 망명한다. 아렌트가 독일을 떠난 1933년에 파른하겐의 전기는 전체 13장 가운데 11장까지 집필된 상태였다. 국적을 박탈당하고 망명을 감행하는 와중에 쓴 전기 『라헬 파른하겐』에는 아렌트의 실

한나 아렌트(1930년)

라헬 파른하겐의 초상화

존적 고민이 고스란히 담겨 있었다. 히틀러의 유대인 학살을 피하기 위해서는 우선 유럽을 떠나야 했다. 아렌트는 1941년에 미국으로 망명한다. 무국적자의 신분으로 생활하며, 그녀는 『라헬 파른하겐』의 마지막 두 장을 집필했다. 1957년에 『라헬 파른하겐』은 미국에서 출간된다. 이 책의 집필 과정에는 핍박받은 유대인의 역사가 고스란히 스며 있다.

아렌트는 서문에서 파른하겐 전기 집필의 목적을 뚜렷하게 밝혔다. "내게 흥미 있는 것은 오로지 라헬의 이야기를 그녀 자신이 말하는 것처럼 들려주는 것이었다."[14] 아렌트는 파른하겐의 도전 정신과 통찰력을 높이 평가했다. '우산 없이 쏟아지는 비를 맞는다.'라는 각오로 살아온 파른하겐의 삶에는 이야기가 풍부했다. 게다가 파른하겐은 "한 사람의 이야기는 곧 그의 운명"[15]이 된다는 사실을 꿰뚫고 있었다. 아렌트는 파른하겐의 삶에서 또 한 가지 놀라운 점을 찾게된다.

파른하겐이 쓴 일기와 편지에는 100년 후에 아렌트가 마주하게 될 현실이 마치 예언처럼 담겨 있었다. 아렌트가 라헬의 전기를 파른하겐의 유언으로 시작한 것은 결코 우연이 아니다. "내 평생 가장 큰 수치로 여긴 것, 내 인생의 비참과 불운이었던 유대인 여성으로 태어났다는 사실을 내가 의식하지 못했기를 결코 바라서는 안 돼요."[16] 아렌트는 파른하겐의 삶을 관통하는 근본적인 문제가 무엇인지에 관해 이야기하며 전기를 시작했다. 아렌트도 파른하겐도 유대인 여성의 운명을 짊어진 채로 살아야 했다. 쫓겨난 자로서의 실존적 고통을 어떻게 감내할 것인가? 아렌트에게 그 문제는 마치 삶의 과업처럼 느껴졌다.

아렌트는 자신이 평생 존경했던 스승 야스퍼스에게 파른하겐과의 만남을 다음과 같이 설명한 바 있었다. "내가 하고자 하는 것은 그녀가 자기 자신과 논쟁한 방식대로 제가 그녀와 논쟁을 지속하는 것입니다."[17] 우정을 친구와의 진실한 대화라고 규정했던 아렌트는 파른하겐의 삶을 그녀가 남긴 글로 이해하며 그녀가 살았던 시대를 함께 논구했다.

파른하겐이 한때 벼락출세를 꿈꾸며 유대인 여성이라는 '신분'에서 벗어날 길을 모색했던 시절을 지나왔음을 아렌트는 있는 그대로 이야기했다. 그러나 설령 벼락출세를 이룬다 해도 유대인의 정체성을 벗어던질 수 없음을 파른하겐은 생애 말기에 이르러서야 처절하게 깨닫게 된다. 그 과정은 다음과 같다.

몇 차례의 실연을 겪은 파른하겐은 41세에 14세 연하의 귀족의 후손과 결혼한다. 폰 핀켄슈타인 백작과 결혼하면서 파른하겐은 살롱을 운영하며 사회적 고립 상태에서 벗어날 수 있었지만, 파른하겐의 남편은 살롱과 어울리지 않는 사람이었다. 파른하겐의 남편은 프로이센의 대리 공사로 임명되었고, 파른하겐은 자신이 그토록 원했던 사회적 신분 상승을 이루게 된다. 안정적인 소속감을 가지게 된 것이다. 파른하겐은 주류 세계 안으로 진입했다.

그러나 삶의 환경이 달라졌다고 해서 위기가 찾아오지 않는 것은 아니었다. 외교관 아내의 일상은 권태로웠다. 파른하겐은 행복하지 않았다. 결혼 후 주류 사회에 동화라도 된 것처럼 잠시 기뻐한 적도 있었지만, 시간이 지나 자신이 완벽하게 착각한 것임을 알게 되었다. 배우자의 사회적 신분이 자기 삶의 본질을 결정지을 수는 없었다.

아렌트는 파른하겐을 통해 유대인이 자신의 정체성을 부정할 때, 어떤 모순이 벌어지는지 날카롭게 분석한다. "전반적으로 유대인에게 적대적인 사회에서 동화되는 것은 또한 반유대주의에 동화됨으로써만 가능했다. 꼭 다른 사람처럼 정상적인 인간이 되기를 원할 때, 오랜 편견들을 새로운 것들과 교환하는 것 외에는 대안이 거의 없다. 그것이 수행되지 않는다면 모르는 사이에 반역자가 되고 유대인으로 남는다. 그리고 진실로 동화된다면, 자기 혈통을 부인한 모든 결과를 책임지고 또 그렇게 하지 않았거나 아직 다 끝내지 못한 사람들과 단절되면서, 그 사람은 악당이 된다."[18]

결국, 파른하겐은 자기 자신을 긍정하기에 이른다. 자

신의 삶을 있는 그대로 받아들이기까지 그녀는 뼈아픈 성찰의 시간을 보내야 했다. '나는 누구인가'라는 질문을 정면으로 던졌다. 답은 명확했다. 파른하겐은 유대인 여성이었다. 파른하겐은 남편의 파직과 나폴레옹의 등장으로 또 한 번 큰 변화를 경험한다. 비로소 그녀는 유토피아 사회주의자가 되었고, 자신이 유대인임을 긍정하며 '평화로운 마음'으로 임종을 맞이했다.

아렌트가 파른하겐의 삶을 자기 성찰의 과정으로 이야기한 것은 그녀를 친구로 온전히 '이해'했기 때문이다. 그녀에게서 자신을 발견했기 때문이다. 파른하겐의 전기가 곧 아렌트의 자서전이라고 주장할 수는 없을 것이다. 그러나 파른하겐의 삶을 이야기하는 아렌트가 감당해야 했던 실존적 고민은 과연 무엇이었는지 점차 궁금해진다.

처음의 질문으로 다시 돌아가 본다. 아렌트는 왜 파른하겐을 가장 절친한 친구로 호출했을까? 만나지 않고서도 두터운 우정이 성립되는 경우가 있을까? 역시나 아렌트의 글에서 그 답을 찾을 수밖에 없다. "나는 내가 반복적으로 표현했던 것이 무엇인지 깨달았다. 그것은 만약 누군가가 유대인이라는 이유에서 공격받는다면, 그는 그 자신을 독일인으로서가 아니고, 세계 시민으로서가 아니고, 인권의 옹호자로서가 아니라, 유대인으로서 지켜야 한다는 것이다."[19]

아렌트는 파른하겐의 삶의 이야기가 곧 유대인의 역사라고 믿었던 것이다. 유대인 여성의 삶을 함께 써 내려가는 과정에서 아렌트는 파른하겐과 친구가 되었다고 생각했다. 파른하겐은 다락방 살롱에서 무차별적이라고 느낄 만큼의 예술과 사상의 자유를 실천에 옮겼지만, 아렌트가 정작 그녀의 삶에서 발견한 것은 계몽주의와 낭만주의로 무장된 교양인이 아니었다. 파른하겐은 유대인이라는 정체성에서 한 발자국도 움직이지 못하는 삶을 살았다. 아렌트는 전기를 쓰는 내내 파른하겐에게 그리고 자기 자신에게 묻고 또 묻는다. 너는 누구인가? 그리고 나는 누구인가?

아렌트는 자신이 아무리 탁월한 학문적 능력을 가지고 있다 할지라도 유대인이라는 정체성을 뛰어넘을 수는 없다는 사실을 파른하겐의 삶 속에서 재차 확인하게 된 것이다. 살롱 운영도 결혼도 개종도 이른바 출세도 유대인이라는 정체성을 근본적으로 바꾸어 놓을 수 없다는 것. 계몽주의도 낭만주의도 유대인에게 완전한 정치적 자유를 선사해 줄 수 없다는 것. 아렌트는 파른하겐이 "자신의 세계 속에서 자리를 잡는 유일한 방법은" 오직 하나뿐이라는 결론을 내린다. "그렇다. 나는 보이는 그대로 즉 유대인이다."[20]

한때 독일 지식인 사회에서 공론장의 기능을 담당했던 살롱 또한 유대인에게 결코 해방을 가져다줄 수 없다는 아렌트의 날카로운 분석에 주목하게 된다. 아렌트는 파른하겐의 전기 서문에서 다음과 같이 말했다. "라헬의 역사는 그녀가 망각했다고 해서 축소되지 않을 것이며, 그녀가 그 전부를 완전한 무지 속에서 마치 처음 일어난 일인 듯 경험했다고 해서 더 독창적인 것으로 판명되지도 않을 것이다."[21] 마침내, 아렌트에게도 큰 변화가 일어난다. 파른하겐의 전기를 쓰기 시작할 때만 하더라도 아렌트는 자신이 유대인으로 겪었던 일들을 공론화하지 않았다. 파른하겐의 삶 속으로 들어가 파른하겐의 이야기를 역사화하면서 아렌트의 인식에도 조금씩 변화가 생겼다. 유대인이라는 정체성이 결국 자기 자신의 삶을 줄곧 지배해 왔다는 사실을 인정하게 된다.

아렌트는 자신의 출신을 유대인이 아닌 독일 철학 전공으로 소개할 만큼 학문적 자부심이 깊었다. 그러나 파른하겐의 삶을 발견하고 파른하겐의 생애를 직접 글로 쓰면서 아렌트는 자신 또한 버림받은 민족, 국외자라는 유대인의 정체성을 가지고 있음을 시인할 수밖에 없었다. 아렌트와 파른하겐은 단 한 번의 만남도 가지지 못했음에도 불구하고 그렇게 절친한 친구가 되었다. 정직한 우정은 자신이 누구인지를 깨닫게 해 준다. 아렌트는 우정의 천재가 틀림없다.

한나 아렌트(1941년)

우정의 공화국을 수립하다

한나 아렌트와
메리 매카시

1940년 6월 25일, 프랑스가 독일 군대에 함락되었다. 1933년에 히틀러의 탄압을 피해 프랑스로 떠난 한나 아렌트는 자신과 같은 처지인 유대인 망명자들을 지원하는 단체에서 활동하고 있었다. 엄혹한 상황 속에서도 파리의 지식인들은 매력을 잃지 않았다. 아렌트는 그곳에서 장폴 사르트르와 베르톨트 브레히트, 레몽 아롱 등을 만났다. 발터 벤야민과는 흉금을 터놓는 친구가 되었다.[1] 나치는 역사의 시계 방향을 거꾸로 돌려놓았다. 유대인들의 생존은 점차 위태로워지고 있었다. 1940년 10월, 프랑스에 거주 중이던 유대인들에게 행정 등록 명령이 떨어졌다.[2] 아렌트는 순응하지 않았다. 무국적자에 불법 체류자까지 되었다. 아렌트는 남편 하인리

글 쓰는 여자들의 특별한 친구

히 블뤼허와 미국 망명을 결심한다. 문제는 비자였다. 비자 신청서를 담당했던 긴급 구조 위원회와 미국 외교관의 도움 이 아니었더라면 오도 가도 못하는 난민 신세를 면치 못했을 것이다.[3]

1941년 5월 22일, 아렌트는 남편과 어렵사리 뉴욕에 도 착한다. 현금은 고작 25달러밖에 없었다. 서른다섯을 앞둔 아렌트는 난민 자선 단체의 문을 두드렸다. 일자리를 구해야 했다. 독일어 외에도 프랑스어, 라틴어, 그리스어를 수준 높 게 구사할 뿐 아니라 마르틴 하이데거와 칼 야스퍼스, 루돌 프 카를 불트만의 수제자였던 철학 박사 아렌트는 뉴욕에서 살아남기 위해 우선 가사 도우미 일부터 시작해야 했다. 영 어 공부도 급했다. 속이 뒤틀릴 때가 많았다. 무국적자 망명 객에게 현실은 호락호락하지 않았다.

신세 한탄을 할 여유조차 없었다. 뉴욕에 무사히 당도 한 것을 기적으로 받아들일 정도였다. 특히 벤야민의 사망 소식은 그를 아끼고 기다리던 친구들에게 청천벽력과도 같 았다. 미국 망명을 위해 프랑스를 탈출한 벤야민은 스페인 국경선을 넘기 어려운 사태가 벌어지자 1940년 9월 말 결국 스스로 생을 마감했다. 파리에서 아렌트에게 맡긴 원고는 벤 야민의 마지막 작품이 되고 말았다.[4] 아렌트는 신의를 꼭 지 키고 싶었다. 뉴욕에 도착해서 급하게 거처와 일자리를 구한

다음, 아렌트는 벤야민의 「역사철학에 관한 테제」 원고부터 챙겼다. 1938년에 뉴욕으로 건너온 아도르노가 동료들과 운영 중이었던 맨해튼의 프랑크푸르트 사회연구소를 찾아갔다. 아렌트는 벤야민의 원고를 벤야민의 지음(知音)인 아도르노에게 전하기로 한다.

유언처럼 남긴 벤야민의 편지는 슬펐다. "막다른 상황에서 나는 끝내는 수밖에 달리 선택의 여지가 없습니다. 아무도 나를 알아보지 못하는 피레네산맥의 한 작은 마을에서 내 삶은 끝나게 되겠지요. 부탁건대 내 친구 아도르노에게 내 생각을 전달해 주십시오. 그리고 그에게 내가 처했던 상황을 설명해 주십시오."[5] 아렌트는 아도르노를 찾아가 벤야민의 책 출간을 적극적으로 추진했다. "사후의 명성은 일반적으로 동료들 가운데 가장 높은 평가에 따라 이뤄진다."[6] 아렌트는 부디 벤야민의 책이 긴 수명을 누리길 기원했다.

한편 아렌트는 영어 공부에 바짝 매달렸다. 뉴욕에서 읽고 쓰는 삶의 기틀을 마련하고자 적극적으로 지면을 찾아나섰다. 《파르티잔 리뷰》, 《유대인전선》 등의 매체에 기고했다. 브루클린 대학에서 강의도 시작했다. 무국적자의 삶은 고단했지만, '천재' 유대인 망명자들의 집합소인 뉴욕은 활기 넘쳤다. "우정 특유의 인간성은 대화 속"[7]에서 드러난다고 믿었던 아렌트는 뉴욕에서도 자신과 대화를 나눌 친구를 만나고 싶었다. 식사 초대를 받을 때마다 기쁜 마음으로 참석했다.

1944년, 《파르티잔 리뷰》의 편집자 필립 라브의 집에서 열린 파티에서 아렌트는 메리 매카시를 만났다. 소설가이자 평론가, 번역가, 출판 편집자로 맹활약을 펼치고 있었던 서른두 살의 매카시는 《파르티잔 리뷰》를 이끌어 갈 인재로 촉망받았다.[8] 그러나 파티 도중 "자기 희생자들로부터 사랑을 열망할 정도로 우매한 아돌프 히틀러에 애석함을 느낀다."[9] 라고 매카시가 실언을 하는 바람에 모임 분위기는 엉망진창이 되고 말았다. 아렌트는 격분했다. 매카시에게 포효하듯 따졌다. "당신은 어떻게 나치의 희생자이자 한때 유치장에 감금되었던 내 앞에서 그런 말을 내뱉을 수 있는가?"[10] 아렌트는 자리를 박차고 나갔다. 매카시는 사과할 기회를 놓치고 말았다. 제대로 '대화'를 나눌 기회는 몇 년이 지나서야 마련되었다.

매카시와 아렌트는 잡지 《폴리틱스》 편집 회의에 참석했다. 침묵 속에 냉랭한 기운만 흘렀다. 그러다 우연히 정치적 소수파에 관한 이야기를 나누게 되었다. 아렌트는 과거의 앙금을 완전히 털어 낼 수 있었다. 아렌트가 먼저 매카시에게 손을 내밀었다. "우리는 매우 비슷한 생각을 가지고 있어요."[11] 혁명가는 길거리에 권력이 언제 떨어지는지를 알고,

그걸 집어 들 때가 언제인지를 아는 사람이라고 규정한 아렌트는 매카시에게 말을 걸어야 하는 때가 바로 지금임을 알았다. 그렇게 아렌트는 우정이 시작되는 순간을 포착했다.[12] 키케로의 정의에 따르면, 진정한 우정은 의지와 열정과 생각의 완벽한 공감으로 이루어지는데 매카시와 아렌트는 오랜 대화를 통해 진정한 우정의 가능성을 서로 확인했다.

"좌파도 우파도 아닌 그렇다고 중도파도 아닌" 대체로 "독자적인 노선에 서는 편을"[13] 좋아하고 논쟁을 즐겼던 두 사람은 그날부터 친구가 되었다. 아렌트와 매카시는 상대방을 존중하며 항상 친구의 말을 경청했다. "내가 그녀를 비판하고, 역으로 그녀가 나를 비판하는 것은 생애를 통해서 결코 없었다."[14] 고집불통이라 불릴 정도로 자기 주관이 뚜렷하고 배포가 컸던 아렌트와 매카시는 무궁무진한 호기심을 가지고 있었다. 게다가 둘 다 이야기꾼이었다. 만날 때마다 대화는 흥겹게 이어졌다. 아렌트는 우정과 친밀함을 동의어로 사용하는 사람들을 상당히 경계했지만, "정치적 요구를 제기하며 세계와 관계를 유지"[15]하는 지적인 우정에는 대단히 관심이 많았다. 매카시 역시 지적인 성장에 목말라 있던 시점이었다.

매카시는 난해한 정치 철학의 개념들을 아렌트에게 직접 배우고 싶다고 고백했다. 매카시의 소설은 재기발랄하다

글 쓰는 여자들의 특별한 친구

는 칭찬을 들을 때도 있었지만, 사유의 깊이가 없다는 비판을 받는 날도 있었다. 매카시는 그럴 때마다 예외 없이 밤잠을 설쳤다.[16] 반면 아렌트는 매카시에게 영어로 사고하고 글쓰는 과정의 어려움을 토로했다. 매카시는 30대 중반이 넘어 망명자 신분으로 영어를 스스로 터득한 아렌트가 영어 글쓰기를 얼마나 힘들어했는지 다음과 같이 회고했다. "그녀는 유창하고 강력하며 때로 날카로운 표현으로 수족의 언어나 산스크리트에도 편안함을 느꼈을 천부적인 재능을 가졌지만, 독일어 방식으로 긴 문장을 구사했다. 따라서 아렌트의 문장들은 직선적으로 구사되거나 둘 내지 세 문장으로 분리해야 했다. 그녀는 또한 외국어로 글을 쓰거나 말하는 여느 사람과 마찬가지로 전치사의 사용을 어려워했다."[17]

그들은 각자의 결핍을 자각하고 상대의 강점을 존경하는 지성을 갖추고 있었다. 아렌트가 미국이라는 새로운 세상을 이해하기 위해서 매카시의 안내에 의존했듯이, 매카시는 오랜 전통의 유럽 지성사에 입문하기 위해서 아렌트에게 차근차근 배워 나갔다. 아렌트는 유럽의 지적 전통이야말로 "숭고한 정신의 전통"이라고 확신했으며, 자기 자신을 유럽의 지적 전통의 대표자인 하이데거와 야스퍼스의 계보를 잇는 사람으로 여겼다.[18]

아렌트와 매카시는 상대방의 이야기에 귀를 기울였다.

정신적인 교감은 상호 존중과 신뢰로 이어졌다. 어색한 영어 문장이 매카시의 조언과 교열에 의해 정확하면서도 풍부한 의미를 담은 글로 변모하는 과정을 지켜보며 아렌트는 감탄했다. "아렌트는 세부 사항에 대해 따지는 것을 좋아하지 않았다. (……) 메리, 당신이 확정 짓도록 하세요."[19] 매카시는 아렌트에게 정치 철학 수업을 들으면서 중요한 개념의 맥락과 정의를 스스로 검토할 수 있을 만큼 성장했다. 매카시와 아렌트는 지적인 자원들을 쉬지 않고 교환했다. 대화의 주제는 나날이 풍성해졌다. 공통의 지향점을 자주 발견할 수 있었다.

아렌트와 매카시의 우정은 책을 매개로 더욱 두터워졌다. 어린 시절부터 두 사람은 엄청난 독서가였다. 아렌트는 10대 시절부터 어렵고 두꺼운 독일 철학 책을 읽으며 자신의 지적인 성장을 확인하곤 했다. 매카시의 독서 목록은 방대했다. 글 쓰는 친구들의 신간을 읽는 기쁨은 컸다. 1949년 3월에 아렌트는 매카시에게 편지를 보냈다. 매카시의 풍자 소설 『오아시스』 출간을 축하했다. 아렌트는 '명작'의 탄생을 기뻐하며 아낌없는 찬사를 보냈다. "정말 기쁨 그 자체였다고 당신에게 꼭 말해야겠습니다. 당신의 작품은 진정한 걸작이에요."[20]

1951년 4월에는 매카시가 아렌트에게 편지를 썼다. 아렌트의 저서 『전체주의의 기원』에 흠뻑 빠져 2주 동안 정독한 매카시는 아렌트의 탁월한 사유와 박진감 넘치는 서사 전개에 완전히 매료되었다.[21] 매카시와 아렌트는 상대방이 쓴 글을 읽으며 친구를 더욱 깊이 또 정확하게 이해하게 되었다. "중요한 것은 이해하는 것입니다. 나에게 글쓰기란 이해를 추구하는 방법이며, 이해 과정의 일부분입니다."[22] 매카시와 아렌트는 읽기와 쓰기로 서로를 더욱 깊이 이해할 수 있었다.

1951년에 비로소 아렌트는 미국 시민권을 얻는다. 18년 동안의 무국적자 생활을 청산했다. 오랜 기간 무국적자로 살아온 경험이 『전체주의의 기원』 집필 과정에도 큰 영향을 미쳤다. 출판계에서는 『전체주의의 기원』이 학술 서적으로 분류되어 독자들의 사랑을 받기 어려울 것이라고 전망했지만, 예측은 빗나갔다. 시운도 따랐다. 『전체주의의 기원』은 당당히 베스트셀러 목록에 자리를 잡았다. 아렌트의 인지도는 급상승했다. 프린스턴 대학, 노터데임 대학, 캘리포니아 대학(버클리)에서 아렌트에게 강의를 연달아 요청했다. 매카시는 아렌트의 학문적 성취를 자신의 일처럼 기뻐했다.

특히 매카시와 아렌트는 친구가 큰 위기에 처했다 싶으면 만사 제쳐 두고 친구의 옆에서 친구를 지켰다. 1955년 매카시는 파리에 머무는 동안 세 번째 유산(流産)을 경험하며 신경이 쇠약해졌다. 그 과정에서 남편 보든 브로드워터와의 사이도 틀어졌다. 휴식과 안정이 필요했다. 매카시는 베네치아로 향하면서 아렌트에게 도움을 요청했다. 아렌트는 만사를 제쳐 두고 베네치아로 가서 매카시를 만났고, 밀라노 여행을 제안했다.[23] 매카시는 아렌트와 함께 이탈리아와 영국을 여행하면서 몸과 마음을 추스를 수 있었다.

1970년부터는 매카시가 아렌트의 보호자가 되었다. 1970년 11월 남편 하인리히 블뤼허가 죽기 하루 전날, 아렌트는 매카시에게 전보를 보냈다. 매카시는 소식을 받자마자 파리에서 뉴욕행 비행기를 탔다. 아렌트는 블뤼허의 죽음을 도저히 받아들일 수 없을 것 같았다. 매카시에게 고통스러운 심경을 다음과 같이 이야기했다. "사실 나는 떠 있는 것 같은 기분을 느낀다오. (……) 나는 이제 하인리히의 방에 앉아 있고, 그의 타자기를 사용하고 있다오. 나에게 지탱할 무엇인가를 주시오. 무시무시한 것은 어느 순간에도 나는 실제 통제할 수 없다는 것이오."[24] 매카시에게 편지를 쓰면서 잠시나마 아렌트는 안정감을 되찾곤 했다. 지친 마음을 추스르기 위해서라도 일상에 변화가 필요했다.

1971년 봄, 아렌트는 매카시와 시칠리아를 여행했다. 두 사람은 속 깊은 대화를 나눴다. 1972년에는 스코틀랜드 애버딘 대학교에서 아렌트에게 기퍼드 강의를 요청했다. 기

메리 매카시(1963년)

한나 아렌트(1958년)

쁜 소식이었다. 존 듀이, 윌리엄 제임스, 제임스 조지 프레이저, 앨프리드 노스 화이트헤드, 앙리 베르그송, 칼 바르트 등의 세계 석학들만이 초대를 받는 특별 강좌였다.[25]

하지만 1974년 봄, 아렌트는 수업을 마친 후 심장병으로 쓰러졌다. 매카시는 바로 파리에서 스코틀랜드로 달려가 아렌트가 병원에서 적절한 치료를 제때에 받을 수 있게 조치했다. 심장 질환을 앓아 온 아렌트는 1974년 1월에 이미 매카시를 유언 집행자로 지정할 정도로 차분히 죽음을 준비하고 있었다.[26] 매카시는 아렌트의 건강을 걱정하며 곡진하게 편지를 썼다. "친구에게, 제발 부탁이야, 지금." 회복 못지않게 지속적인 건강 관리에 힘써야 한다는 부탁이었다. 하루에 담배를 두 갑씩 피우는 아렌트를 어떻게든 뜯어말려야 했다. 의사의 지시를 어기지 말아 달라고 애원했다. 매카시는 파리에서 뉴욕의 아렌트의 집으로 거의 매주 전화를 걸었다. 아렌트는 매카시에게 향후 자신의 집필 계획을 공유했다. 1976년 봄에 강의에 복귀했다가 1976년 가을 뉴스쿨에서 은퇴한 후 출간 준비에 매진하고자 했다. 매카시는 안도했다.[27]

아렌트의 원대한 구상은 실현되지 못했다. 아렌트에게 죽음은 너무도 갑작스럽게 찾아왔다. 아렌트는 1975년 12월 4일에 세상을 떠났다. 그날은 목요일 저녁이었다. 집에서 친구들에게 식사를 대접하던 중이었다. 그녀는 그 전주 토요일에 『정신의 삶』 2권인 『의지』 원고를 마무리했다."[28] 『의지』 편을 마치고 그다음 편인 『판단』을 막 시작한 시점이었다.[29] 1975년 12월 8일, 아렌트의 추도식이 뉴욕에서 열렸다. 소나무 관에 누워 있는 친구를 향해 작별 인사를 건넸다. 매카시는 추도사를 읽었다. "지성의 광선이 뿜어져 나오는 듯 빛나던 아렌트의 눈동자"[30]를 잊을 수 없을 것 같았다.

　　장례 절차보다 더 중요한 일이 남아 있었다. 매카시는 아렌트가 생의 마지막 순간까지 집필 중이었던 『정신의 삶 ― 사유와 의지』의 편집을 책임지기로 한다. 당시 매카시는 자신의 차기작 초고 작업을 진행 중이었지만, 아렌트의 유작부터 챙겼다. 『정신의 삶』 편집 과정에 참여했고 아렌트의 조교였던 제롬 콘의 회고에 따르면, 매카시는 『정신의 삶』 제작을 진두지휘하면서 대단히 까다로운 기준을 편집진에 요구했다고 한다. 제롬 콘은 "당시 질문으로 가득한 매카시의 편지들에 답장을 보내면서 아렌트 작품의 편집이 수반하는 것의 의미를 깨닫게 되었다."[31]라고 밝혔다. 매카시에게는 『정신의 삶』 출간이 아렌트에게 보내는 또 한 편의 추도사였는지도 모른다.

　　책을 만들면서 매카시는 아렌트의 부재를 더욱 크게 깨달았다.

그녀가 예견을 했든 그렇지 못했든, 그녀는 이제 여기에서 조언을 하거나 논쟁을 할 수 없다. 나는 편집 과정에서 개입하게 되는 모든 행위에 대한 그녀의 반응을 추측하지 않을 수 없었다. 대부분의 경우 이전의 경험은 그러한 추측을 어렵지 않게 해 주었다. 그녀가 나를 알고 있다면, 나 역시 그녀를 알았다. 그러나 그녀가 생존해 있을 때는 나 자신의 관점에서 내 추측으로 해결하고자 하지 않았던 문제들이 여기저기에서 드러났다. 나는 확신을 갖지 못할 때마다 "당신은 여기에서 무슨 말을 하고 싶어 하는가?" "당신은 명료화할 수 있는가?" "정확한 말은"이라는 의미에서 의문을 제기하면서 원고를 검토했다.[32]

더 이상 아렌트와 마주 앉아 대화를 나눌 수 없다는 사실에 매카시는 무너질 것만 같았다. 아렌트의 책 편집에 매달려 아렌트를 여전히 붙들어 두었다. "나는 눈을 감은 채 생생하게 살아 있는 망령과 대화를 하고 있다. 그녀는 내 연필을 중지시키도록 나를 괴롭히며, 지우고 또 지우게 한다."[33] 매카시는 아렌트를 그리워하며 친구가 사랑했던 책을 찾아 읽었다, 플라톤, 아리스토텔레스, 칸트, 베르길리우스, 릴케, 니체를 꺼내 다시 읽었다.

1978년, 『정신의 삶』이 출간되었다. 매카시는 3년 동안의 '중노동'을 마쳤다. 처음에는 아렌트를 위한 일이라고 생각했지만, 정작 위안을 얻은 사람은 매카시 자신이었다. "그녀는 죽었지만, 나는 동시에 그녀의 특별한 존재를 깨닫는다."[34] 매카시는 작가의 자리로 돌아가 치열하게 글쓰기에 매달렸다. 1983년 발표한 매카시의 글 「소설, 이야기, 로망스」에는 아렌트의 목소리가 선명하게 담겨 있었다. "소설은 결국 우리가 공유하는 세계를 재현하는 데 오롯이 바치는 문학 양식이다. 우리가 공유하는 세계란 단순히 흔하고 평범한 세계가 아니라 우리가 함께 나누는 세계라는 뜻이다."[35]

아렌트의 부재를 14년 동안 견딘 매카시는 1989년 10월에 세상을 떠났다. 캐럴 브라이트먼은 매카시의 평전에서 아렌트와 매카시의 우정을 "2인 정당 설립"[36]으로 표현한 바 있다. 두 사람이 설립한 '우정의 정당'은 해산되거나 소멸되지 않았다. 그녀들의 책과 그녀들의 이야기가 남아 있기 때문이다. 역사에 이끌려 가지 않으면서 세상을 등지지 않는 법을 아렌트와 매카시는 2인 정당 안에서 모색했다. 그러나 아렌트와 매카시의 2인 정당, 즉 그녀들의 특별한 우정은 조금도 배타적이지 않았다.

아렌트와 매카시는 우정을 사유하며 우정을 쌓았다. 아렌트에게 "사유란 우리가 일상적 삶 속에서 만나야 하는 모든 것에 부응하기 위해 여전히 새롭게 하도록 우리를 준비"[37]

시키는 것이었다. 그렇게 아렌트와 매카시는 위계도 서열도 억압도 없는 '우정의 공화국'을 세웠다. 우정이라는 연대의 정치는 그녀들의 삶에서 충분히 힘을 발휘했다. 아렌트는 "다른 부류의 개인들이 지니고 있는 비범하고 다양한 것들을 우정의 연대 속에서 함께 가져왔다"[38]라는 점에서 충분히 우정의 '천재'로 불릴 만했다.

아렌트와 매카시는 우정의 정의를 내리고자 하지 않았다. 그녀들은 오히려 우정에 필요한 조건이 무엇인지에 더 관심이 많았다. 아렌트는 정직이 우정의 전제 조건이라고 생각했다. 우정이 연속성을 가지기 위해서는 먼저 친구에게 진실해야 한다는 것이었다. 매카시도 같은 입장이었다. 특히, 아렌트는 우정의 실천이 공공의 행복으로 이어진다고 믿었다. "인간성은 결코 혼자서 획득될 수 없으며, 공중에게 주어진 누군가의 작업에 의해서도 획득될 수 없다. 그것은 오로지 자신의 삶과 인격을 '공적 영역에로의 모험'에 내던진 사람에 의해서만 성취될 수 있다."[39]

모든 다양성 속에서 인간관계가 지속되고 발전하며 상호 연결되는 우정의 공화국은 개방성과 포괄성을 지향한다. 한나 아렌트에게 우정은 민주주의와 같은 의미였다고 볼 수 있다. 아렌트는 실제로 기득권 계층이나 몇몇 독재자들에 의해 시민들의 우정이 왜곡되고 훼손되며 박탈당하는 상황을 우려했다. 아렌트가『전체주의의 기원』에서 논증한 것처럼 전체주의는 시민들의 우정을 가로막는 제도이다. 아렌트는 시민들의 우정이 지속되고 확대될 수 있는 민주주의의 가치를 옹호했다. 아렌트와 매카시의 우정은 정치적 실험이기도 했다. 두 사람의 모험은 대성공을 거두었다. 정직하고 강인한 삶을 함께 개척했다. 정의로운 우정을 실천하며, 우정의 공화국을 설계했다. 아렌트와 매카시의 우정의 공화국은 책으로 영속성을 부여받았다.

글 쓰는 여자들의 특별한 친구

책 친구들의 집에서

아드리엔 모니에와
실비아 비치

1915년 11월 15일, 파리 좌안(Left Bank) 오데옹가 7번지에 '책 친구들의 집(La Maison des Amis des Livres)'이 문을 열었다. 23세의 젊은 창업자 아드리엔 모니에는 아버지가 열차 사고를 당해 받은 보험금을 뜻있는 곳에 쓰기로 결심하고, 파리의 애서가들을 위한 서점을 구상했다.

서점을 차리고 뿌듯했다. 좋은 책을 선별해서 진열하는 데 전력을 쏟았다. 좋아하는 일을 할 수 없다면 돈이 무슨 소용 있을까 싶었다. 책만 파는 서점은 싫었다. 책을 사기 어렵거나 머뭇거리는 사람들을 위해 책을 빌려주는 회원제를 고안했다. 생각해 보니 서점에서 전시회와 음악회를 열지 못할 이유가 없었다. 서점을 운영하며 모니에는 함께 읽기의 재미

글 쓰는 여자들의 특별한 친구

에 빠졌다. 묵독도 좋지만 낭독도 매력적이있다.

모니에는 서점에 방문하는 작가들에게 파리의 독서 문화를 새롭게 만들어 가자고 설득했다. 프랑스는 물론이고 유럽의 작가들이 '책 친구들의 집'을 찾기 시작했다. 시도니 가브리엘 콜레트, 앙드레 지드, 폴 발레리, 기욤 아폴리네르, 장 콕토 등이 서점에서 자신의 작품을 읽고, 독자들과 함께 양서를 골랐다. 자타 공인 미식가였던 모니에는 자신의 재능이 책방에서 빛나기를 원했다. 낭독회에 온 손님들에게 상큼한 음료부터 대접했다. 참석자들끼리 잔을 들고 이야기를 나누었다. '책 친구들의 집'은 명소로 자리 잡았다.

1917년, 실비아 비치는 '책 친구들의 집'에서 모니에를 처음 만났다. 비치는 작은 회색 서점의 출입구 위의 'A. 모니에'라는 이름을 유심히 들여다보았다. 서점 밖에서 보이는 문학 책들과 작가들의 초상화가 인상적이었다. 비치가 서점 안으로 들어오지 못하고 서성이자 모니에가 먼저 문을 열고 환대했다.[1] 비치는 '책 친구들의 집'으로 들어가지 않을 수 없었다. 모니에와 비치는 서점에 앉아서 책을 주제로 많은 이야기를 나누었다. 두 사람은 말이 잘 통했다. 모니에는 미국 작가들에게 관심이 많았다. 비치는 발레리의 작품을 좋아한다고 답했다. 비치는 모니에와 책 이야기를 한참 나누고 난 후에 자기소개를 했다.

비치는 1887년생으로 모니에보다 다섯 살 위였다. 1901년에 목사인 아버지를 따라 파리에서 유년 시절을 보낸 비치는 미국으로 돌아온 이후에도 늘 유럽을 그리워했다. 1914년에 다시 유럽으로 왔다. 비치는 1916년에 스페인에서 머무르며 여성 참정권 운동을 지지했다. 유럽 어느 도시를 가 봐도 비치에게는 파리가 최고였다. 이듬해인 1917년에 파리로 향했다. 서른 살이 된 마당에 더 이상 우물쭈물할 시간이 없다고 판단했다. 비치는 모니에를 만난 날 '책 친구들의 집'에 회원으로 가입했다. '책 친구들의 집' 행사에서 만난 사람들에게 자신을 파리의 문학계에 뛰어든 유일한 미국인으로 소개했지만, 비치의 파리 생활은 전혀 외롭지 않았다. '책 친구들의 집'에 자주 드나들면서 프랑스 문학을 공부하며 명민한 친구들을 사귈 수 있었다.

비치는 자기 안의 또 다른 열정을 발견하게 된다. 고민 끝에 비치는 모니에에게 자신도 '책 친구들의 집' 같은 서점을 열고 싶다고 고백했다. 실비아 비치는 회고록에서 당시의 상황을 다음과 같이 직접 이야기했다. "나는 오래전부터 서점을 차리고 싶었다. 갈수록 그 소원이 어찌나 간절했던지 마치 강박 관념처럼 되고 말았다. 프랑스 책을 파는 서점을 차리고 싶었지만, 그러느니 차라리 뉴욕에 가서 아드리엔 모니에 서점의 미국 지점을 내는 게 더 나을 것 같았다. 무엇보

글 쓰는 여자들의 특별한 친구

다 프랑스 작가들을 미국에 소개하는 데 일조하고 싶었다."[2]

하지만 비치는 파리를 떠날 생각이 조금도 없었다. 모니에와 같은 도시에서 함께 일하고 싶었다. 묘수가 생겼다. 뉴욕에서 프랑스 책을 소개하는 대신 파리에서 미국 책을 알리는 서점을 차리기로 한 것이었다. 비치는 모니에가 자신을 경쟁자로 생각하고 멀리하지는 않을지 걱정이 되었지만, 그것은 기우에 지나지 않았다. 모니에는 비치의 의견에 적극 찬성했다. 비치의 후원자가 되었다. 모니에는 '책 친구들의 집' 고객들을 소개해 주겠다는 말로 비치를 안심시켰을 뿐만 아니라 서점 위치도 함께 물색했다. 모니에는 만사를 제치고 비치의 개업 준비에 팔을 걷어붙였다. 서점 이름을 '셰익스피어 앤드 컴퍼니'로 정하자, 모니에는 자신의 친구에게 부탁해 셰익스피어의 초상이 들어 있는 간판을 만들어 비치에게 선물했다.

1919년 11월 19일, 파리에서 영문학 전문 서점 겸 도서 대여점인 셰익스피어 앤드 컴퍼니가 손님들을 맞이했다. 모니에는 비치의 개업을 진심으로 축하했다. '책 친구들의 집'과 '셰익스피어 앤드 컴퍼니'를 운명 공동체라고 생각했다. 비치는 모니에의 안목과 능력을 존경했다. 서점 운영 전반에 걸쳐 자문을 구했다. 모니에와 비치는 협력적인 동반자가 되었다. 사실 두 사람은 서로 경쟁할 일이 없었다. 모니에의 서

위: 실비아 비치의 서점 '셰익스피어 앤드 컴퍼니'
이래: 아드리엔느 모니에의 서점 '책 친구들의 집'

실비아 비치와 제임스 조이스(1921년)

점에는 프랑스어 책이, 비치의 서점에는 영어 책이 진열되어 있었고, 두 서점을 모두 방문하는 작가들과 독자들이 늘어나면서 모니에와 비치의 서점은 상생 관계를 유지할 수 있었다.[3]

모니에는 작가로서의 정체성을 가지고 있었고, 비치는 출판 기획에 적극적이었다. 두 서점의 분위기도 닮은 듯 서로 달랐다. 비치는 모니에의 서점에 걸려 있는 작가들의 초상화를 좋아했지만 그대로 따라 하지 않았다. 셰익스피어 앤드 컴퍼니는 초상화 대신 사진작가들이 찍은 파리의 작가들과 철학가들의 얼굴로 서점 벽을 채웠다.

셰익스피어 앤드 컴퍼니는 파리의 독서가들에게 큰 사랑을 받았다. 첫 번째 방문객은 의대생 테레즈 베르트랑, 두 번째 손님은 앙드레 지드였다. 의과 대학에 다니면서 신간 서적들을 빠짐없이 읽었던 테레즈 베르트랑이 훗날 프랑스 최초의 여성 병원장 자격증 소지가가 되자 비치는 크게 기뻐했다.

1920년 무렵 시인의 집에서 열린 파티에서 아일랜드 출신 작가 제임스 조이스를 만났을 때, 비치는 꿈인지 생시인지 모를 지경이었다. 조이스는 비치에게 무슨 일을 하는지 물었다. 비치가 서점 이름을 말하자 흐뭇한 미소를 지었다. 다음 날 조이스는 셰익스피어 앤드 컴퍼니에 나타났다. 서점에 걸려 있는 작가들의 사진을 뚫어지게 쳐다본 후, 조이스는 비치 옆에 앉아 신세 한탄을 늘어놓기 시작했다.

한마디로 돈이 문제였다.『율리시스』탈고가 급하지만, 생활비부터 벌어야 하는 처지였다. 조이스는 외국어 과외 자리를 구하고 있었다. 비치는 어떤 언어를 가르칠 수 있는지 조이스에게 물었다. 조이스는 영어, 독일어, 라틴어, 프랑스어, 그리스어, 이탈리아어, 네덜란드어, 스칸디나비아어, 스페인어 등 아홉 개 이상의 언어를 구사할 수 있었고, 노르웨이어와 스웨덴어 및 덴마크어, 이디시어와 히브리어를 배워 어느 정도 알고 있었다.

비치는 조이스 같은 천재가 궁핍하게 생활하고 잠자는 시간을 줄여 가며 글을 쓰는 현실이 안타까웠다. 조이스는 파리에서 원하는 책을 구할 수 없어 답답해하던 차에 셰익스피어 앤드 컴퍼니에서 영문학 책들을 보고 환호했다. 조이스는 도서 대여점 회원으로 가입해 희곡 작품을 빌려 갔다. 조이스는 엄청난 다독가였다. 매일 서점에 와서 책을 빌렸다.

1921년 2월 미국 뉴욕에서『율리시스』가 음란 출판물로 판정받았다. 조이스는 연재를 중단할 수밖에 없었지만,『율리시스』를 반드시 완성해 책으로 내고 싶어 했다. 하지만 외설적이라는 이유로 조이스의 작품을 모든 출판사들이 외면했다. 비치는 용기를 내 조이스에게 출판을 제안했다. 무슨 대책이 있었던 것은 아니었다. 자본도 기술도 경험도 인맥도 없었지만, 비치는 출판업에 뛰어들었다.

이번에도 모니에의 도움을 받지 않을 수 없었다. 파리 최고의 인쇄업자인 모리스 다랑티에르를 소개받았다. 인쇄비를 지불할 수조차 없는 상황이었다. 비치는 독자들로부터 구입 예약 신청을 받아 책값이 입금되는 대로 인쇄비를 납부하겠다고 인쇄업자를 설득했다. 인쇄업자는 비치의 열정에 감화를 받았다. 1921년 가을에 『율리시스』 무삭제 완전판이 1000부 한정본으로 출간된다는 광고지를 찍었다. 광고지를 근사하게 만들어 준 친구도 모니에였다. 예약 신청이 밀려들었다. 신청자의 대부분이 비치와 모니에의 서점 방문객들이었다. 셰익스피어 앤드 컴퍼니에 또 다른 변화가 생겼다.

1921년에 셰익스피어 앤드 컴퍼니는 모니에의 서점 맞은편으로 이전했다. 모니에가 오데옹가 12번지에 좋은 가게를 소개해 주었다. 비치는 모니에와 이웃이 되어 마냥 좋았다. 새로운 사람들을 더욱 많이 만날 수 있었다. 그즈음 파리에 거주 중이던 영국 작가이자 출판인 브라이어가 셰익스피어 앤드 컴퍼니를 자주 찾았다. 브라이어는 파리에서 영문학 전문 서점이 사라지지 않기를 바라는 마음으로 셰익스피어 앤드 컴퍼니를 물심양면으로 후원했다. 비치가 어려움에 처했다 싶으면 먼저 말을 건넸다. 평소에는 서점에서 조용히 책만 보던 브라이어가 위기 상황이 닥칠 때마다 적극적인 모습으로 변모했다.

그렇게 셰익스피어 앤드 컴퍼니를 사랑하고 매번 서점을 일으켜 세우다시피 하면서도 브라이어는 결코 자기 자신을 드러내는 법이 없었다. 공치사를 듣기 위한 일이 아니었기 때문이었다. 비치는 브라이어를 통해 자선이라는 단어의 의미를 깨칠 수 있었다. 브라이어가 선물한 윌리엄 셰익스피어의 흉상을 서점에 행운을 가져다주는 '수호성인'으로 삼을 정도로 비치는 브라이어의 인품과 학식을 존경했다.

서점을 후원한 방문객들도 많았지만, 이방인을 문전박대하지 않는 책방에서 위안을 얻는 작가들이 계속 늘어 갔다. 1921년부터 1926년까지 파리에서 살았던 헤밍웨이는 셰익스피어 앤드 컴퍼니를 안식처로 삼았다. 헤밍웨이는 파리 시절을 돌아보며, 비치의 서점을 온기 넘치는 곳으로 묘사했다.

그 무렵 무척 가난했던 나는 오데옹 거리 12번지에 있는 실비아 비치의 대여점 셰익스피어 앤드 컴퍼니에서 책을 빌리곤 했다. 겨울이 되면 찬 바람이 휘몰아치는 쌀쌀한 거리에 있는 그 서점에서는 지나가는 사람들을 위해 입구에 커다란 난로를 피워 놓았다. 따뜻하고, 쾌적하고, 멋진 곳이었다. 실내에는 탁자들이 놓여 있고, 선반에는 책들이 가득 차 있었으며, 유리 진열장에는 신간 서적들을 전시해 놓았다.[4]

비치는 다정한 서점 주인이자 열정적인 출판업자였다. 1922년 2월 2일, 조이스의 생일에 맞춰 『율리시스』가 출간되었다. 반응은 폭발적이었다. 미국에서 우편으로 책을 주문한 독자들도 많았다. 자신의 작품을 검토해 달라고 찾아오는 작가들로 서점은 늘 붐볐고 시끌벅적했다. 관광객들도 하나둘씩 셰익스피어 앤드 컴퍼니를 찾았다.

하지만 조이스의 성공은 예상치 못한 사건으로 이어졌다. 조이스는 비치가 만든 책이 마음에 들지 않았다. 오자부터 지적했다. 비치는 서운함을 내비치는 대신 자신의 한계를 시인했다. 서점 운영과 출판업을 병행할 수 없음을 확인했다. 조이스와의 관계는 봉합되기 어려운 상황으로 치달았다. 자신의 작품이 해적판으로 유통되는 사실을 알고 조이스는 크게 분노했다. 첩첩산중이었다. 해적판은 비치와 무관한 일이었지만, 조이스는 저작권을 다른 출판사에 넘기기로 결정했다. 조이스와 비치는 결별했다. 후회는 없었지만, 상처가 컸다.

비치는 셰익스피어 앤드 컴퍼니 운영에 집중하기로 마

비치(왼쪽)와 모니에

제임스 조이스와 함께 이야기를 나누고 있는 두 사람

지금도 프랑스 파리에서 운영 중인 서점 셰익스피어 앤드 컴퍼니의 전경

음을 먹었다. 1925년부터 파리 특파원으로 《뉴요커》에 통신문을 기고했던 재닛 플래너 또한 비치와 모니에 서점의 단골이었는데, 플래너는 언론인답게 비치와 모니에를 예리하게 관찰했다. 책을 향한 열정과 존경심으로 자신도 모르는 사이에 유럽과 미국 전역에 막대한 영향력을 발휘한 비치는 누구라도 쉽게 책을 읽을 수 있는 조건을 마련하고자 노력했다. 플래너는 비치와 모니에를 여성의 독서 환경과 책의 관계를 변화시키려고 했던 운동가로 기록했다.[5] 실제로 셰익스피어 앤드 컴퍼니는 파리지앵들의 사랑을 듬뿍 받았다. 자원봉사자들이 비치에게 힘을 실어 주었다.

그러나 불황과 전쟁은 참혹했다. 파리는 점차 폐허가 되어 가고 있었다. 셰익스피어 앤드 컴퍼니도 적자를 면치 못했다. 1936년, 앙드레 지드는 조심스럽게 서점 재정 상황을 물었다. 비치는 자포자기의 심정으로 이제 문을 닫아야 할 것 같다고 답했다. 지드는 작가들을 모아 프랑스 정부에 탄원서를 제출했다. 비치가 미국 국적의 외국인이었기 때문에 정부 보조금을 받을 수 없었다는 사실을 뒤늦게 알게 되었다. 앙드레 지드는 격분했다. 작가들에게 직접 연락을 취해 후원회를 조직하고 동료들과 함께 호소문을 작성했다. 정기 후원금과 특별 후원금으로, 더욱 정확하게는 작가들과 애서가들의 우정으로 셰익스피어 앤드 컴퍼니는 회생할 수 있었다. 파산을 겨우 막았지만, 책방 운영은 자주 난관에 부딪쳤다. 비치는 힘들 때마다 서점을 함께 지켜 준 친구들을 떠올리며 용기를 얻었다.

독일군이 프랑스를 침공했을 때에도 비치는 파리를 떠나지 않았다. 꿋꿋이 서점 문을 열었다. 미국인은 적국인으로 분류되었고, 셰익스피어 앤드 컴퍼니도 감시의 대상이 되었다. 비치는 나치에 큰 반감을 가질 수밖에 없었다. 1941년 어느 날, 독일군 장교가 서점에 들이닥쳐 서점 진열장의 조이스 책을 사고 싶다고 했다. 비치는 서점에 한 권뿐인 비치용 『피네간의 경야』를 팔 수 없다고 답했고, 2주 후에 서점 물건들이 두 시간 만에 모두 압류당하는 사태가 벌어졌다. 셰익스피어 앤드 컴퍼니는 텅 빈 공간이 되었고, 비치도 검거되어 6개월 동안 수용소에서 억류당했다. 비치는 2차 세계대전이 끝날 때까지 숨어 지내야 했지만, 매일 오데옹가에 몰래 가서 '책 친구들의 집'이 무사한지 확인했다.

1944년 8월 26일, 파리가 해방되었다. 셰익스피어 앤드 컴퍼니의 오랜 회원들이 비치를 찾아왔다. 다시 서점 문을 열자고 권유했지만, 비치는 건강에 자신이 없었다. 이제는 지쳤다고 솔직하게 친구들에게 답했다. 그래도 파리를 떠나지 않았다. 비치는 보부아르와 자주 만났다. 책방을 순례하듯 다녔다. 1951년에 미국인 조지 휘트먼이 파리에서 영어

글 쓰는 여자들의 특별한 친구

책 전문 서점인 '르 미스트랄'을 열자 비치는 가끔 그곳에 들렀다.

1955년에 비치는 인생 최대의 위기를 맞이했다. 모니에가 수면제 과다 복용으로 갑작스럽게 세상을 떠났다. 비통한 마음을 가누기 힘들었다. 살기 위해 글을 썼다. 1959년에 비치의 회고록 『셰익스피어 앤드 컴퍼니』가 출간되었다. 그로부터 3년 후인 1962년에 비치도 파리에서 생을 마감했다. 비치와 모니에가 함께 만들고 지켰던 파리의 책방들은 그렇게 사라지고 말았을까?

비치의 서점은 부활했다. 비치의 장서를 인수한 파리의 영어 책 전문 서점 르 미스트랄 운영자 조지 휘트먼이 1964년에 상호를 셰익스피어 앤드 컴퍼니로 변경했다. 서점 주인은 세기를 지나 또 한 번 바뀌었다. 휘트먼의 딸은 셰익스피어 앤드 컴퍼니의 창립자와 이름이 같다. 실비아 휘트먼은 파리에서 태어났지만 어린 시절 어머니와 영국으로 이주했기 때문에 스물한 살이 될 때까지 셰익스피어 앤드 컴퍼니에 대해 제대로 알지 못했다고 한다.

아버지의 건강이 좋지 못하다는 소식을 듣고 실비아 휘트먼은 2001년에 파리로 돌아왔고, 2005년부터 서점에서 일을 시작했다. 2011년 12월에 조지 휘트먼이 세상을 떠나자, 실비아 휘트먼은 셰익스피어 앤드 컴퍼니를 이어받았다.[6]

모니에와 비치가 각자의 서점을 운영하면서도 긴밀하게 협업하며 상생의 우정을 나누었듯이, 셰익스피어 앤드 컴퍼니의 새 주인도 파리를 책의 도시로 만들기 위해 멋진 친구를 찾고 있지 않을까? 책이 있는 곳에 우정이 깃든다.

에필로그

    2005년 11월 12일, 박완서는 이해인에게 편지를 썼다. "민들레의 영토 출간 30주년을 축하, 축하합니다." 봉투에 '축하, 축하'라고 같은 단어를 반복해서 쓸 만큼 박완서에게 이해인의 『민들레의 영토』는 각별했다. 박완서는 편지지를 펼치며 '수다를 떨 것 같은 예감'에 휩싸였다고 수신자에게 미리 고백했다. 수다는 곧 박완서와 이해인 두 여성 작가의 우정의 역사를 뜻했다.

    1988년에 아들을 잃고 "온통 사후세계 저 하늘나라 일"에만 몰두해 있었던 박완서는 이해인을 만나고 이해인의 글을 읽으며 '저 하늘나라'가 아닌 '이 땅'을 생각하기 시작했음을 닐어놓았다. 이해인의 '존재'와 이해인의 '문학'이 박완서의 마음을 조금씩 움직였다. "제가 지상에 속했고, 여러 착하고 아름다운 분들과 동행할 수 있는 기쁨을 저에게 가르쳐 준 수녀님 감사합니다!!"[1] 박완서의 편지에서 문학과 우정과 삶은 삼위일체가 되었다.

　　세속의 삶을 견디고 헤쳐 나가는 여성들이 글을 쓰고 공부를 하며 나선형으로 성장해 가는 이야기를 읽을 때마다 나도 친구와 수다를 떨고 싶었다. 다행스럽게도 민음사 한국문학팀 박혜진 부장님의 도움과 격려로 2020년 6월부터 2021년 12월까지 격월로 《릿터》에 「여성, 우정을 발명하다」를 연재할 수 있었다. 나는 매회 원고를 넘기고 사흘이 지나기도 전에 박혜진 부장님으로부터 정확한 논평을 받는 행운을 누렸다. 적반하장 격으로 고맙다는 말은 생략한 채 그 많은 글들을 언제 다 읽고 쓰는지 물었다가 수험생처럼 생활한 지 오래되었다는 답을 들었다.

　　더욱 분발해야 했지만, 작년 겨울에 드렸어야 할 원고를 해가 바뀌고 여름이 되어서야 인문교양팀에 넘겼다. 이한솔 대리님과 양희정 부장님의 인내를 우정으로 덥석 받아들였으니 이제 내가 두 분께 보답할 차례가 되었다. 아마도 시간은 좀 더 걸릴 것 같다. 기획회의를 하러 인문교양팀 사무실에 갔다가 양희정 부장님이 노트에 희랍어 문장을 쓰고 계시는 모습을 목격했다. 맞은편 책상에서 이한솔 대리님은 다양한 주제의 논문들을 쌓아 놓고 밑줄을 치며 읽고 계셨다. 우정을 지키기 위해서라도 나는 공부를 하는 수밖에 없다. 새롭게 읽고, 새롭게 생각하고, 새롭게 쓰기 위해 최선을 다하겠다는 약속을 드리는 것으로 양희정 부장님, 박혜진 부장님, 이한솔 대리님께 감사의 인사를 대신한다.

언제나처럼 독자들께서 오래된 이야기를 새로운 방식으로 읽고 해석해 주실 것으로 기대한다. 그렇게 독자들과 함께 여성 작가들의 우정을 갱신시키고 싶다. 상상만 해도 행복하다.

2023년 10월

장영은

추천의 글

김하나(「여자 둘이 토크하고 있습니다」 팟캐스터·작가)

"여자들에게도 우정이 있습니까?"

내가 실제로 들은 말이다. 그것도 커다란 강연장의 무대에 올라 있을 때 남성 진행자로부터. 여성들 수백 명이 모인 행사에서 단 한 명의 남성이었던 그가 감히 그런 말을 할 수 있었다는 사실 자체가 이미 실언의 이유를 품고 있다. 다시는 그런 소리를 못 하도록 따끔히 답하기는 했지만 아직도 분이 안 풀린다. 유구한 역사 동안 남성들의 우정은 공식적으로 표명되고 재현되고 찬사받아 왔다. 여성들의 우정은 다른 길을 걸어왔다.

여기 글 쓰는 여자들이 남긴 우정에 대한 촘촘하고도 귀중한 기록이 있다. "박완서는 박경리의 독자였다."로 시작하는 글을 내가 어찌 사랑하지 않을 수 있을까. 이 책에 등장하는 여러 여성들이 쓴 문장 이면에는 맞잡은 손이 있다. 이들은 서로를 살리고 서로와 경쟁하며 치열하게 읽고 쓰고 듣고 말했다. 그리고 함께 성장했다. 그랬기에 오늘의 우리도 그 기록을 통해 그들과 손을 맞잡는다. 이 그물망 안에서 비로소 여성들은 예외나 별종이 아니라 맥락과 역사가 된다. 서로의 증인이자 파트너가 된다.

나 또한 이 특별한 우정을 잘 알고 있다. 지난 시대와 동시대의 여성 작가들이 없었다면 과연 내가 지금 읽고 쓰고 듣고 말할 수 있을까? 모든 시대, 모든 여성들의 우정에 대한 기념비로서 나는 이 책을 글 쓰는 책상 앞에 놓아둘 것이다. 그러면 지칠 때마다 나는 다시 우정의 힘을 얻어 또 읽고 쓸 것이다. 메리 울스턴크래프트의 말처럼, "가장 신성한 인간관계는 우정"임을 믿는다.

1부 우정을 읽는 여자들

맞수와 동반자

1 루이즈 디살보, 「동성애의 불꽃」, 휘트니 체드윅·이자벨 드 쿠티브론 엮음, 최순희 옮김, 『위대한 예술가 커플의 10가지 이야기』(푸른숲, 1997), 156쪽 참조.

2 허마이오니 리, 정명희 옮김, 『버지니아 울프—존재의 순간들, 광기를 넘어서』1(책세상, 2001), 758쪽.

3 같은 책, 768쪽.

4 베르너 발트만, 이온화 옮김, 『버지니아 울프』(한길사, 1997), 131-142쪽 참조.

5 허마이오니 리, 앞의 책, 759쪽.

6 Emily Midorikawa and Emma Claire Sweeney, *A Secret Sisterhood* (Mariner Books, 2017), pp. 187-252.

7 허마이오니 리, 앞의 책, 769쪽.

8 같은 책, 777쪽.

9 루이즈 디살보, 앞의 글, 156쪽.

10 버지니아 울프, 「끔찍하게 민감한 마음」, 한국 버지니아 울프 학회 옮김, 『울프가 읽은 작가들』(솔, 2022), 601-602쪽.

11 버지니아 울프·비타 색빌웨스트, 박하연 옮김, 『나의 비타 나의 버지

니아—버지니아 울프와 비타 색빌웨스트 서간집 1923-1941』(큐큐, 2022), 9쪽.

12 같은 책, 14쪽.

13 세라 그리스트우드, 심혜경 옮김, 『비타와 버지니아—버지니아 울프와 비타 색빌-웨스트의 삶과 사랑』(뮤진트리, 2020), 20-23쪽 참조.

14 한스 노인치히, 장혜경 옮김, 『천재, 천재를 만나다—천재들의 우정과 열정에 관한 작은 전기』(개마고원, 2003), 230쪽.

15 같은 책, 234쪽.

16 Virginia Woolf, *Roger Fry* (Harcourt Brace Jovanovich, 1976). p. 164.

17 버지니아 울프, 김정 옮김, 『제이콥의 방』(솔, 2019), 253쪽.

18 한스 노인치히, 앞의 책, 233쪽.

19 루이즈 디살보, 앞의 글, 174-175쪽 참조.

20 버지니아 울프, 박희진 옮김, 『울프 일기』(솔, 2019), 113쪽.

21 같은 책, 149쪽.

22 버지니아 울프, 이미애 옮김, 『등대로』(민음사, 2020), 177쪽.

23 한스 노인치히, 앞의 책, 236쪽.

24 Louise de Salvo and Mitchell Leaska(eds.), *The Letters of Vita Sackville-West to Virginia Woolf* (Hutchinson, 1984), p. 54 참조.

25 Nigel Nicolson and Joanne Trautmann(eds.), *The Letters of Virginia Woolf* (6 vols, Chatto and Windus, 1975-80), Vol.3(1977), p. 302.

26 허마이오니 리, 앞의 책, 967쪽.

27 버지니아 울프, 박희진 옮김, 앞의 책, 187-188쪽.

28 나이젤 니콜슨, 안인희 옮김, 『버지니아 울프—시대를 앞서간 불온한 매력』(푸른숲, 2006), 153쪽.

29 버지니아 울프, 박희진 옮김, 『올랜도』(솔, 2019), 16쪽.

30 허마이오니 리, 앞의 책, 1035쪽.

31 같은 책, 1022쪽.

32 같은 책, 1035쪽.

33 세라 그리스트우드, 앞의 책, 178쪽.

34 허마이오니 리, 앞의 책, 1024-1035쪽.

35 버지니아 울프·비타 색빌웨스트, 앞의 책, 574쪽.

36 세라 그리스트우드, 앞의 책, 243-252쪽.

37 같은 책, 254쪽.

38 버지니아 울프, 이미애 옮김, 『자기만의 방』(민음사, 2020), 148-149쪽.

함께 살고, 각자 쓰다

1 허마이오니 리, 앞의 책, 635쪽.

2 조지 스페이터·이안 파슨즈, 류자효 옮김, 『누가 사랑을 두려워하랴—버지니아 울프의 생애』(모음사, 1978), 64쪽; 알렉산드라 해리스, 김정아 옮김, 『버지니아 울프라는 이름으로』(위즈덤하우스, 2019) 참조.

3 허마이오니 리, 앞의 책, 589쪽.

4 조지 스페이터·이안 파슨즈, 앞의 책, 63쪽.

5 같은 책, 64쪽.

6 허마이오니 리, 앞의 책, 596쪽.

7 조지 스페이터·이안 파슨즈, 앞의 책, 65쪽.

8 같은 책, 66쪽.

9 베르너 발트만, 앞의 책, 105쪽 참조, 레너드 울프의 생애와 관련

해서는 Leonard Woolf, *Growing: Seven Years in Ceylon* (Eland, 2015); Victoria Glendinning, *Leonard Woolf: a biography* (Free Press, 2006) 참조.

10 같은 책, 107쪽.

11 허마이오니 리, 앞의 책, 646쪽.

12 같은 책, 607쪽, Natania Rosenfeld, *Outsiders Together: Virginia and Leonard Woolf* (Princeton University Press, 2001) 참조.

13 허마이오니 리, 앞의 책, 606쪽.

14 Peter F. Alexander, *Leonard and Virgina Woolf: A Literary Partnership* (Harvester Wheatsheaf, 1992); Claire Battershill, *Modernist Lives: Biography and Autobiography at Leonard and Virginia Woolf's Hogarth Press* (Bloomsbury Publishing, 2018) 참조.

15 버지니아 울프, 전명희 옮김, 『출항』(솔출판사, 2019), 560쪽.

16 Duncan Wilson, *Leonard Woolf: A Political Biography* (Hogarth Press, 1978) 참조.

17 베르너 발트만, 앞의 책, 122쪽.

18 허마이오니 리, 앞의 책, 658쪽.

19 조지 스페이터·이안 파슨즈, 앞의 책, 99쪽.

20 이와 관련해서는 슈테판 볼만, 유영미 옮김, 『여자와 책―책에 미친 여자들의 세계사』(알에이치코리아, 2015), 294-298쪽 참조.

21 Helen Southworth, *Leonard and Virginia Woolf, the hogarth press and the networks of modernism* (Edinburgh University Press, 2010) 참조.

22 버지니아 울프, 최애리 옮김, 『밤과 낮』(아카넷, 2017), 652쪽.

23 허마이오니 리, 앞의 책, 622쪽.

24 같은 책, 1493쪽.

문학과 음악의 정치적 결합

1   허마이오니 리, 앞의 책 2(책세상, 2001), 1147-1180쪽 참조.

2   나이젤 니콜슨, 앞의 책, 62-63쪽 참조.

3   허마이오니 리, 앞의 책 2, 1175-1177쪽 참조.

4   Nigel Nicolson and Joanne Trautmann(eds.), Op. cit., vol. 6, p. 439.

5   Ibid, vol. 4, p. 268.

6   허마이오니 리, 앞의 책 2, 1199쪽.

7   Nigel Nicolson and Joanne Trautmann(eds.), Op. cit., vol. 6, p. 454.

8   베르너 발트만, 앞의 책, 71쪽.

9   조지 스페이터·아이언 파슨즈, 한영탁 옮김, 『나의 사랑 버지니아 울프』(동문출판사, 1978), 81쪽.

10 조성란, 「호가스 출판사와 공적 지식인으로서의 버지니아 울프」, 《제임스조이스저널》, 25권 1호(한국제임스조이스학회, 2019), 91-113쪽 참조.

11 세라 그리스트우드, 앞의 책 참조.

12 Elicia Clements, "Virginia Woolf, Ethel Smyth, and Music: Listening as a Productive Mode of Social Interaction," *College Literature*, vol. 32, no. 3, 2005, pp. 51-71.

13 버지니아 울프, 박희진 옮김, 앞의 책, 283쪽.

14 허마이오니 리, 앞의 책 2, 1190쪽에서 부분 재인용.

15 Suzanne Raitt, "'The tide of Ethel': femininity as narrative in the friendship of Ehel Smyth and Virginia Woolf," *Critical Quarterly*, vol. 30, no. 4, 1988, p. 9.

16 Louise Collis, *Impetuous Heart: The Story of Ethel Smyth* (W. Kimber,

1984), p. 204.

17 이디스 재크, 배인혜 옮김,『세이렌의 노래—여성 작곡가들의 삶과 음악』(만복당, 2019), 248쪽 참조.

18 같은 책, 253쪽 참조.

19 Louise Collis, Op. cit. 참조.

20 Samuel Hynes, *The Edwardian Turn of Mind*(Princeton University Press, 1968), p. 287.

21 에멀린 팽크허스트, 김진아·권승혁 옮김,『싸우는 여자가 이긴다』(현실문화, 2016), 264-448쪽 참조.

22 나이젤 니콜슨, 앞의 책, 62-63쪽 참조.

23 김연미,「에셀 스미스의 가곡집 연구:《세 개의 노래》(1913)를 중심으로」,《음악학》, vol. 25, no. 2(한국음악학회, 2017), 51-84쪽 참조.

24 허마이오니 리, 앞의 책 2, 1179쪽에서 부분 인용. 또한 영국의 남성 엘리트 사회 형성 과정과 19세기 영국의 남성성 구축과 관련해서는 박형지·설혜심,『제국주의와 남성성—19세기 영국의 젠더 형성』(아카넷, 2004), 189-270쪽 참조.

25 이남희,「젠더, 몸, 정치적 권리: 영국여성참정권운동가의 이미지 분석」,《영국연구》, 24호(영국사학회, 2010), 179-210쪽 참조.

26 허마이오니 리, 앞의 책 2, 1172쪽 참조.

27 이디스 재크, 앞의 책, 256-257쪽 참조.

28 같은 책, 257쪽 참조.

29 허마이오니 리, 앞의 책 2, 1204-1205쪽 참조.

30 버지니아 울프, 박희진 옮김,『파도』(솔출판사, 2019), 312쪽.

후원자의 돈, 작가의 글

1   메리 V. 디어본, 최일성 옮김, 『페기 구겐하임 ― 모더니즘의 여왕』
    (을유문화사, 2008), 82쪽.

2   주나 반스, 이예원 옮김, 『나이트우드』(문학동네, 2018), 239쪽; Julie
    Taylor, *Djuna Barnes and Affective Modernism* (Edinburgh University
    Press. 2012), pp. 3-35.

3   리디 살베르, 백선희 옮김, 『일곱 명의 여자―문학사를 바꾼 불꽃의
    작가들』(뮤진트리, 2015), 63쪽.

4   안드레아 와이스, 황정연 옮김, 『파리는 여자였다―주나 반스에서
    거트루드 스타인, 재닛 플래너까지 레프트뱅크, 여성 예술가들의
    초상』(에디션더블유, 2008), 169-207쪽.

5   실비아 비치, 박중서 옮김, 『셰익스피어 & 컴퍼니―세기의 작가들
    이 사랑한 파리 서점 이야기』(뜨인돌, 2007), 57-134쪽.

6   메리 매콜리프, 최애리 옮김, 『파리는 언제나 축제―헤밍웨이, 샤
    넬, 만 레이, 르코르뷔지에와 친구들 1918-1929』(현암사, 2020),
    169-270쪽.

7   앤톤 길, 노승림 옮김, 『페기 구겐하임―예술과 사랑과 외설의 경계
    에서』(한길아트, 2008), 130쪽.

8   리디 살베르, 앞의 책, 70쪽.

9   같은 책, 71쪽.

10 앤톤 길, 앞의 책, 131쪽.

11 페기 구겐하임, 김남주 옮김, 『페기 구겐하임 자서전―어느 미술 중
    독자의 고백』(민음인, 2009), 35쪽.

12 메리 V. 디어본, 앞의 책, 140쪽.

13 아녜스 푸아리에, 노시내 옮김, 『사랑, 예술, 정치의 실험—파리 좌안 1940-1950』(마티, 2019), 56쪽.

14 앤톤 길, 앞의 책, 710쪽.

15 메리 V. 디어본, 앞의 책, 433쪽.

16 앤톤 길, 앞의 책, 100쪽.

17 같은 책, 296쪽.

18 메리 V. 디어본, 앞의 책, 106-132쪽.

19 같은 책, 144쪽.

20 앤톤 길, 앞의 책, 207쪽.

21 주나 반스, 앞의 책, 196쪽.

22 같은 책, 76쪽.

23 리디 살베르, 앞의 책, 85쪽.

24 메이슨 커리, 이미정 옮김, 『예술하는 습관』(걷는나무, 2020), 195쪽.

25 앤톤 길, 앞의 책, 208쪽.

26 리디 살베르, 앞의 책, 78쪽.

27 같은 책, 78쪽.

28 앤톤 길, 앞의 책, 262쪽.

29 리디 살베르, 앞의 책, 78쪽.

30 페기 구겐하임, 앞의 책, 50쪽.

31 앤톤 길, 앞의 책, 691쪽.

32 메리 V. 디어본, 앞의 책, 494쪽.

33 리디 살베르, 앞의 책, 90쪽.

34 메리 V. 디어본, 앞의 책, 493쪽.

35 같은 책, 476쪽.

36 레슬리 제이미슨, 오숙은 옮김, 『공감 연습—부서진 심장과 고통과 상처와 당신에 관한 에세이』(문학과지성사, 2019), 102쪽.

37　앤톤 길, 앞의 책, 686쪽.

38　같은 책, 710쪽.

우정을 받을 자격

1　시몬 베유, 이세진 옮김, 『신을 기다리며』(이제이북스, 2015), 42쪽.

2　시몬느 뻬트르망, 강경화 옮김, 『시몬느 베이유 불꽃의 여자』(까치, 1978), 43쪽.

3　시몬 베유, 윤진 옮김, 『중력과 은총』(문학과지성사, 2021), 93쪽.

4　시몬 베유, 박진희 옮김, 『시몬 베유 노동일지』(리즌앤북, 2012), 13-16쪽 참조.

5　시몬 드 보부아르, 이정순 옮김, 『연애편지』 1(열림원, 1999), 300쪽.

6　케이트 커크패트릭, 이세진 옮김, 『보부아르, 여성의 탄생』(교양인, 2021), 81-82쪽.

7　Simone de Beauvoir, *All Said and Done: The Autobiography of Simone De Beauvoir 1962-1972*(Marlowe & Company, 1994).

8　클로딘 몽테유, 서정미 옮김, 『보부아르 보부아르』(실천문학사, 2005), 225쪽.

9　같은 책, 273쪽.

친구 같은 자매, 자매 같은 친구

1　시몬 드 보부아르와 엘렌 드 보부아르의 전기 및 시몬 드 보부아르의 자전적 글쓰기에 관해서는 시몬 드 보부아르, 이정순 옮김, 『시

몬 드 보부아르의 연애편지』1, 2(열림원, 1999); 시몬 드 보부아르, 백선희 옮김, 『미국 여행기』(열림원, 2000); 클로딘 몽테유, 서정미 옮김, 『보부아르 보부아르』(실천문학사, 2005); 우르술라 티드, 우수진 옮김, 『시몬 드 보부아르 익숙한 타자』(앨피, 2007); 소피 카르캥, 임미경 옮김, 『글 쓰는 딸들』(창비, 2021); 케이트 커크패트릭, 이세진 옮김, 『보부아르, 여성의 탄생』(교양인, 2021); 시몬 드 보부아르, 함정임 옮김, 『작별의 의식』(현암사, 2021); 시몬 드 보부아르, 강초롱 옮김, 『아주 편안한 죽음』(을유문화사, 2021); Margaret A. Simone, "Introduction to Simone de Beauvoir", Margaret A. Simone and Maybeth Timmerman eds., *Feminist Writing* (University of Illinois Press, 2015) 참조.

2   소피 카르캥, 임미경 옮김, 『글 쓰는 딸들』(창비, 2021), 198쪽.

3   시몬 드 보부아르·알리스 슈바르처, 이정순 옮김, 『보부아르의 말』(마음산책, 2022), 106쪽.

4   브뤼노 몽생종, 임희근 옮김, 『음악가의 음악가 나디아 불랑제』(포노, 2013), 135-138쪽.

이 여자들을 보라!

1   엘리자베스 영-브륄, 홍원표 옮김, 『한나 아렌트 전기: 세계 사랑을 위하여』(인간사랑, 2007), 27쪽; Jon Nixon, *Hannah Arendt and the Politics of Friendship* (Bloomsbury, 2015) 참조.

2   한나 아렌트, 홍원표 옮김, 『어두운 시대의 사람들』(한길사, 2019), 96-103쪽 참조.

3   메릴린 옐롬·테리사 도너번 브라운, 정지인 옮김, 『여성의 우정에 관하여』(책과함께, 2016), 15쪽.

4   자넷 토드, 서미석 옮김, 『세상을 뒤바꾼 열정』(한길사, 2003), 190쪽.

5   이진옥, 「만들어진 '모성': 18세기 영국의 여성 담론」, 《영국연구》, 제40호(영국사학회, 2018), 71-108쪽 참조.

6   Claire Tomain, *The Life and Death of Mary Wollstonecraft* (Penguin Books, 2004) 참조.

7   메리 울스턴크래프트, 「메리」, 메리 울스턴크래프트·메리 셸리, 이나경 옮김, 『메리·마리아·마틸다』(한국문화사, 2018), 3쪽.

8   같은 책, 4쪽.

9   같은 책, 84쪽.

10   버지니아 울프, 「메리 울스턴크래프트」, 메리 울스턴크래프트, 손영미 옮김, 『여권의 옹호』(연암서가, 2014), 481쪽.

11   자넷 토드, 앞의 책, 363쪽.

12   같은 책, 364쪽 참조.

13   메리 울스턴크래프트, 손영미 옮김, 앞의 책, 72쪽.

14 자넷 토드, 앞의 책, 397쪽.

15 메리 울스턴크래프트, 곽영미 옮김, 『길 위의 편지』(궁리, 2021), 104쪽.

16 메리 울스턴크래프트, 「마리아」, 메리 울스턴크래프트·메리 셸리, 앞의 책, 193쪽.

17 Katrin Berndt, *Narrating Friendship and the British Novel, 1760-1830*(Routledge, 2017); Deborah Kaplan, "Female Friendship and Epistolary Form: Lady Susan and the Deveolpment of Jane Austen's Fiction", *Criticism*, Vol. 29(2), 1987; Deborah Kaplan, *Jane Austen Among Women*(Johns Hopkins University Press, 1992) 참조.

18 메릴린 옐롬·테리사 도너번 브라운, 앞의 책, 113쪽 참조.

19 이진옥, 「18세기 영국의 블루스타킹 서클 여성은 주변인인가?」, 《역사와 경계》, 제72호(부산경남사학회, 2009), 43-77쪽 참조.

20 Sylvia H. Myers, *The Bluestockig Circle: Women, Friendship, and the Life of Mind in Eighteenth Century England*(Oxford, 1990), pp. 153-206.

친구의 삶을 친구의 언어로 쓰다

1 마거릿 미드, 최혁순·최인욱 옮김, 『마거릿 미드 자서전』(범우사, 2001), 133쪽. Margaret Mead, *Blackberry Winter: My Earlier Years*(Pocket Books, 1985) 참조.

2 로이스 W. 배너, 정병선 옮김, 『마거릿 미드와 루스 베네딕트—위대한 두 여성 인류학자의 사랑과 학문』(현암사, 2016), 264쪽.

3 Hilary Lapsley, *Margaret Mead and Ruth Benedict: The Kinship of*

Women (University of Massachusetts Press, 1999), pp. 1-8 참조.

4   마거릿 미드, 앞의 책, 151쪽.

5   같은 곳.

6   마거릿 미드, 앞의 책, 149쪽 참조

7   같은 책, 151쪽.

8   마거릿 미드, 이종인 옮김,『루스 베네딕트—인류학의 휴머니스트』
    (연암서가, 2008), 16쪽.

9   같은 책, 53-54쪽 참조.

10 같은 책, 150쪽 참조.

11 로이스 W. 배너, 앞의 책, 299쪽.

12 마거릿 미드, 최혁순·최인욱 옮김, 앞의 책, 295쪽.

13 Hilary Lapsley, Op. cit., p. 59.

14 마거릿 미드, 이종인 옮김, 앞의 책, 69쪽.

15 로이스 W. 배너, 앞의 책, 303쪽.

16 마거릿 미드, 이종인 옮김, 앞의 책, 61쪽.

17 Hilary Lapsley, Op. cit., pp. 73-74; 마거릿 미드, 앞의 책, 61쪽.

18 로이스 W. 배너. 앞의 책, 325쪽.

19 같은 책, 333쪽.

20 마거릿 미드, 최혁순·최인욱 옮김, 앞의 책, 152쪽.

21 마거릿 미드, 이종인 옮김, 앞의 책, 87쪽.

22 같은 곳.

23 루스 베네딕트, 이종인 옮김,『문화의 패턴』(연암서가, 2008) 참조.

24 루스 베네딕트, 김윤식·오인석 옮김,『국화와 칼—일본 문화의 틀』
    (을유문화사, 2008), 11쪽.

25 마거릿 미드, 박자영 옮김,『사모아의 청소년』(한길사, 2008) 참조.

26 마거릿 미드, 조한혜정 옮김,『세 부족사회에서의 성과 기질』(이화여

자대학교출판문화원, 1998) 참조.

27 로이스 W. 배너, 앞의 책, 461쪽.

28 Mary Catherine Bateson, *With a Daughter's Eye: A Memoir of Margaret Mead and Gregory Bateson* (Perennial, 2001), pp. 145-162쪽 참조.

29 마거릿 미드, 최현숙·최인욱 옮김, 앞의 책, 152쪽.

30 마거릿 미드, 이종인 옮김, 앞의 책, 16쪽.

31 Jane Howard, *Margaret Mead: A Life* (Simon & Schuster, 1984), p. 425.

새로운 세기로 돌진하다

1 카타리나 칠코프스키, 유영미 옮김,『코코 샤넬―내가 곧 스타일이다』(솔출판사, 2005), 305쪽.

2 론다 개어릭,『코코 샤넬―세기의 아이콘』(을유문화사, 2020), 168쪽.

3 같은 책, 278쪽.

4 메리 매콜리프, 앞의 책, 342쪽.

5 카타리나 칠코프스키, 앞의 책, 155쪽.

6 앙리 지델, 이원희 옮김,『코코 샤넬』(작가정신, 2008), 233쪽.

7 론다 개어릭, 앞의 책, 271쪽.

8 같은 책, 270쪽.

9 같은 책, 271쪽.

10 같은 책, 138쪽.

11 카타리나 칠코프스키, 앞의 책, 152쪽.

12 론다 개어릭, 앞의 책, 280쪽.

13 카타리나 칠코프스키, 앞의 책, 156쪽.

14 메리 매콜리프, 앞의 책, 103쪽.

15 카타리나 칠코프스키, 앞의 책, 307쪽.

16 같은 책, 115쪽.

17 같은 책, 145쪽.

18 론다 개어릭, 앞의 책, 146쪽.

19 같은 책, 282쪽.

20 카타리나 칠코프스키, 앞의 책, 169쪽.

21 론다 개어릭, 앞의 책, 203쪽.

22 카타리나 칠코프스키, 앞의 책, 192쪽.

23 같은 책, 308쪽.

24 같은 책, 199-200쪽.

25 론다 개어릭, 앞의 책, 301쪽.

26 윈스턴 S. 처칠, 임종원 옮김,『윈스턴 처칠, 나의 청춘―가장 위대
    한 영국인, 청년 처칠의 자서전』(행북, 2020); 카타리나 칠코프스키,
    앞의 책, 229쪽.

27 론다 개어릭, 앞의 책, 591쪽.

28 같은 책, 60쪽.

29 앙리 지델, 앞의 책, 458쪽.

30 같은 책, 460쪽.

31 카타리나 칠코프스키, 앞의 책, 305쪽.

32 앙리 지델, 앞의 책, 493쪽.

33 론다 개어릭, 앞의 책, 146쪽.

34 같은 책, 279쪽.

내 스승을 찾았어!

1   퍼트리샤 보스워스, 김현경 옮김,『다이앤 아버스─금지된 세계에 매혹된 사진가』(세미콜론, 2007), 38쪽.

2   같은 책, 54쪽.

3   같은 책, 76쪽.

4   같은 책, 110쪽.

5   수전 손택, 이재원 옮김,『사진에 관하여』(이후, 2005), 75쪽.

6   자크 랑시에르, 김상운 옮김,『이미지의 운명─랑시에르의 미학 강의』(현실문화, 2014), 212쪽.

7   히토 슈타이얼, 안규철 옮김,『진실의 색─미술 분야의 다큐멘터리즘』(워크룸프레스, 2019), 165쪽.

8   데보라 넬슨, 김선형 옮김,『터프 이너프─진실을 직시하는 강인함에 관하여』(책세상, 2019), 315쪽.

9   수전 손택, 앞의 책, 71-72쪽.

10   같은 책, 76쪽.

11   같은 책, 77쪽.

12   롤랑 바르트, 김웅권 옮김,『밝은 방─사진에 관한 노트』(동문선, 2006), 22쪽.

13   데보라 넬슨, 앞의 책, 326쪽.

정직한 친구들

1   홍원표,『아렌트─정치의 존재이유는 자유다』(한길사, 2011), 443쪽.

2   미셸 딘, 김승욱 옮김, 『날카롭게 살겠다, 내 글이 곧 내 이름이 될 때
    까지』(마티, 2020), 116쪽.

3   리처드 J. 번스타인, 김선욱 옮김, 『한나 아렌트와 유대인 문제』(아모
    르문디, 2009), 34쪽.

4   한나 아렌트, 홍원표·임경석·김도연·김희정 옮김, 『이해의 에세이
    1930-1954』(텍스트, 2012), 44쪽.

5   엘리자베스 영-브륄, 앞의 책, 130쪽.

6   잉게보르크 글라이히아우프, 김영진 옮김, 『열정의 철학―7인의 여
    성 철학자』(달리, 2005), 242쪽.

7   최민숙, 「독일 낭만주의 시대의 문학살롱 연구」, 《괴테연구》, 13권
    (한국괴테학회, 2001), 263-298쪽; 장혜순, 「20세기의 '살롱문화
    Salonkultur': '소수집단'의 문학과 '살롱'」, 《카프카연구》, 제8집(한
    국카프카학회, 2000), 305-333쪽; 하이덴-린쉬, 김중대·이기숙 옮
    김, 『유럽의 살롱들―지금은 몰락한 여성 문화의 황금기』(민음사,
    1999); 한나 아렌트, 홍원표·임경석·김도연·김희정 옮김, 앞의 책,
    133쪽 참조.

8   한나 아렌트, 제롬 콘 편집, 김선욱 옮김, 『정치의 약속』(푸른숲,
    2007), 46쪽.

9   같은 책, 46쪽.

10 같은 책, 247쪽.

11 Hans Blumenberg, *The Readability of the World represents*, trans.
    Robert Savage and David Roberts(Cornell University Press, 2022).

12 미셸 딘, 앞의 책, 125쪽.

13 리처드 J. 번스타인, 앞의 책, 42쪽.

14 한나 아렌트, 김희정 옮김, 『라헬 파른하겐―어느 유대인 여성의 삶』
    (텍스트, 2013), 12쪽.

15 같은 책, 13쪽.

16 같은 책, 16쪽.

17 리처드 J. 번스타인, 앞의 책, 44쪽.

18 한나 아렌트, 김희정 옮김, 앞의 책, 276쪽.

19 리처드 J. 번스타인, 앞의 책, 46쪽.

20 한나 아렌트, 홍원표·임경석·김도연·김희정 옮김, 앞의 책, 35쪽.

21 한나 아렌트, 김희정 옮김, 앞의 책, 20쪽.

우정의 공화국을 수립하다

1 이본 셰라트, 김민수 옮김, 『히틀러의 철학자들—철학은 어떻게 정
   치의 도구로 변질되는가?』(여름언덕, 2014), 291-295쪽 참조.

2 엘리자베스 영-브륄, 앞의 책, 281쪽.

3 아녜스 푸아리에, 앞의 책, 69쪽 참조.

4 이본 셰라트, 앞의 책, 297쪽 참조.

5 테오도르 W. 아도르노·발터 벤야민, 이순예 옮김, 『아도르노-벤야
   민 편지 1928-1940』(길, 2019), 514쪽.

6 한나 아렌트, 홍원표 옮김, 앞의 책, 273쪽.

7 같은 책, 97쪽.

8 Jon Nixon, *Hannah Arendt and the Politics of Friendship* (Bloomsbury,
   2015), p. 115쪽 참조.

9 엘리자베스 영-브륄, 앞의 책, 340쪽.

10 Daniel Maier-Katkin, *Stranger from Abroad: Hannah Arendt, Martin
    Heidegger, Friendship and Forgiveness* (W. W. Norton & Company), pp.
    196-197 참조.

11 Ibid., p. 197.

12 한나 아렌트, 윤철희 옮김, 『한나 아렌트의 말―정치적인 것에 대한 마지막 인터뷰』(마음산책, 2016), 118쪽 참조.

13 데보라 넬슨, 앞의 책, 182쪽.

14 한나 아렌트, 홍원표 옮김, 『정신의 삶―사유와 의지』(푸른숲, 2019), 620쪽.

15 같은 책, 98쪽.

16 Jon Nixon, Op. cit., pp. 114-121 참조.

17 한나 아렌트, 홍원표 옮김, 『정신의 삶―사유와 의지』, 614쪽.

18 리처드 윌린, 서영화 옮김, 『하이데거, 제자들 그리고 나치―아렌트, 뢰비트, 요나스, 마르쿠제가 바라본 하이데거』(경희대학교출판문화원, 2021), 153쪽.

19 한나 아렌트, 홍원표 옮김, 『정신의 삶―사유와 의지』, 615-616쪽 참조.

20 미셸 딘, 앞의 책, 191쪽.

21 Daniel Maier-Katkin, Op. cit., pp. 197-198.

22 한나 아렌트, 홍원표·임경석·김도연·김희정 옮김, 앞의 책, 11쪽.

23 Jon Nixon, Op. cit., pp. 121-126 참조.

24 엘리자베스 영-브륄, 앞의 책, 705쪽.

25 같은 책, 723쪽.

26 한나 아렌트, 홍원표 옮김, 『정신의 삶―사유와 의지』, 617쪽.

27 엘리자베스 영-브륄, 앞의 책, 750-751쪽.

28 한나 아렌트, 홍원표 옮김, 『정신의 삶―사유와 의지』, 611쪽.

29 엘리자베스 영-브륄, 앞의 책, 751쪽.

30 사만다 로즈 힐, 전혜란 옮김, 『한나 아렌트 평전―경험하고, 생각하고, 사랑하라』(혜다, 2022), 302쪽.

31 한나 아렌트, 홍원표·임경석·김도연·김희정 옮김, 앞의 책, 42쪽.

32 한나 아렌트, 홍원표 옮김, 『정신의 삶—사유와 의지』, 617-618쪽.

33 같은 책, 618쪽.

34 Jon Nixon, Op. cit., p. 132.

35 데보라 넬슨, 앞의 책, 219-220쪽.

36 같은 책, 181쪽.

37 엘리자베스 영-브륄, 앞의 책, 729쪽.

38 한나 아렌트, 홍원표·임경석·김도연·김희정 옮김, 앞의 책, 44쪽.

39 같은 책, 79쪽.

책 친구들의 집에서

1 실비아 비치, 앞의 책, 24-26쪽.

2 같은 책, 29쪽.

3 안드레아 와이스, 앞의 책, 29쪽.

4 어니스트 헤밍웨이, 주순애 옮김, 『파리는 날마다 축제』(이숲, 2012), 32쪽.

5 Adrienne Monnier, *The Very Rich Hours of Adrienne Monnier*, trans. Richard McDougall(University of Nebraska Press, 1976), p. 47.

6 제레미 머서, 조동섭 옮김, 『시간이 멈춰선 파리의 고서점—셰익스피어&컴퍼니』(시공사, 2008); 니나 프루덴버거, 노유연 옮김, 『예술가의 서재 — 그들은 어떻게 책과 함께 살아가는가』(한길사, 2022), 189-197쪽 참조.

에필로그

1 박완서, 「마치 걸음마를 배우듯이─소설가 박완서가 시인 이해인
   에게」, 강인숙 엮음.『편지로 읽는 슬픔과 기쁨─예술가의 육필 편
   지 49편 노천명 시인에서 백남준 아티스트까지』(마음산책, 2011),
   99쪽.

글 쓰는 여자들의 특별한 친구
문학적 우정을 찾아서

1판 1쇄 펴냄 2023년 11월 10일
1판 2쇄 펴냄 2024년 2월 13일
지은이   장영은
발행인   박근섭, 박상준
펴낸곳   (주)민음사
출판등록 1966. 5. 19. (제16-490호)
주소   서울시 강남구 도산대로1길 62
          강남출판문화센터 5층 (06027)
대표전화 02-515-2000   팩시밀리 02-515-2007
www.minumsa.com

ISBN 978-89-374-5465-3 03800

잘못된 책은 구입처에서 교환해 드립니다.